LES ROMANS CHOISIS
Cœur Incertain
par Paul de Garros
60 Cent.
L'OUVRAGE COMPLET

PAUL DE GARROS

LE CŒUR INCERTAIN

I

La baronne Hermine de Prévillac était assise dans le petit salon en rotonde, qui occupait le rez-de-chaussée de la grande tour du manoir du Buisson où elle aimait particulièrement à se tenir.

Par la grande baie ouverte sur cette belle journée de septembre, elle pouvait voir, au delà des vertes pelouses du parc, les magnifiques futaies qui couronnent les hauteurs dominant Versailles.

Mais ni la splendeur du jour ni la beauté des bois n'avaient de charme pour elle.

La baronne était une femme de cinquante ans, à la taille svelte et bien conservée, mais dont le visage encore beau avait une expression hautaine et fermée qui lui enlevait tout attrait.

Ses yeux froids suivaient en ce moment les évolutions d'une petite voiture de malade traînée par un âne minuscule et occupée par un jeune garçon d'une quinzaine d'années.

Les traits tirés et creusés par la souffrance du pauvre infirme étaient la reproduction exacte et curieuse de ceux de la baronne. Mais combien la flamme qui les animait les rendait différents !...

Les beaux yeux clairs du petit Lucien de Prévillac se fixaient à cet instant avec une tendresse passionnée sur un grand jeune homme de vingt-six à vingt-huit ans, qui s'avançait rapidement vers lui, et dont l'athlétique carrure faisait avec sa frêle personne un contraste attristant.

— Bonjour, Max, s'écria joyeusement l'enfant, quel bonheur de te voir ! Il y a si longtemps que tu n'es venu !... Tu vas rester dîner, dis ? Et tu me promèneras dans le bois : il fait si beau !

Max arrêta le verbiage de l'infirme par une rapide caresse et lui dit d'un ton affectueusement bourru :

— Assez, jeune crampon, je suis pressé aujourd'hui et j'ai à parler sérieusement à maman ; est-elle à la maison et n'a-t-elle pas de visites ?

— Oui, elle est là toute seule, mon père est parti en auto, il ne rentrera pas dîner, tu devrais bien rester avec nous, on te voit si peu depuis quelque temps, cher grand frère !

— Non, Lucien, impossible aujourd'hui, je reviendrai une autre fois. Au revoir !

Et Max Duplan se dirigea à grandes enjambées vers la maison en bougonnant :

« Pauvre petit, il m'aime bien, lui !... Maintenant, il faut aborder maman... Qu'est-ce qui va sortir de cette explication ?... J'aime autant que mon beau-père soit absent, du reste... quoique... il soit brave homme au fond, ce cher baron... Allons, du courage, c'est presque ma dernière chance... »

D'un seul bond, le jeune homme escalada les marches du perron et entra résolument dans le salon où se trouvait sa mère. Mais, arrivé là, son élan s'arrêta brusquement et ce fut d'une voix hésitante et timide qu'il dit :

— Bonjour, mère, vous allez bien ? Je viens de voir Lucien dans le parc, il me semble qu'il a bonne mine en ce moment.

Mme de Prévillac ferma son livre avec calme et répondit posément :

— Oui, Lucien n'est pas mal. Il a été très affaibli par sa rapide croissance, mais il se fortifie beaucoup maintenant.

Cette voix mesurée, ces yeux froids avaient le don de glacer le pauvre Max ; et cela depuis son enfance. Aujourd'hui, ils le médusaient. Il avait le cœur gros, il venait faire une confession, demander un secours ; cet accueil indifférent et poli lui ôtait tout courage comme toute idée.

Entre cette mère et ce fils si dissemblables, aucun lien, aucune entente, aucune tendresse ne semblaient possibles.

La baronne n'aimait pas son fils aîné, et toute son attitude en témoignait du reste. Pourtant, ce beau garçon élégant, bien bâti, au visage franc et ouvert, aurait fait la joie de bien des mères.

Mais l'orgueilleuse femme n'avait jamais pardonné au père de Max ce qu'elle appelait « sa mésalliance ». Cette mésalliance n'avait pas été cependant sans présenter quelques avantages appréciables.

Car, si feu M. Joseph Duplan portait un nom roturier et n'était pas d'une éducation raffinée ni d'une grande distinction, il avait par contre un excellent cœur, une parfaite honnêteté et quelque chose comme quatre-vingts à cent mille francs de rente.

Cependant, Mlle Hermine de Couders, fille aînée du comte de ce nom, élevée dans l'idée que sa beauté et sa naissance lui donnaient droit aux plus hautes situations, avait cru faire une grande grâce à ce brave homme en acceptant son nom... et sa fortune.

Ce ménage, tout en gardant une parfaite correction extérieure, n'avait naturellement pas été heureux.

Le bon Joseph Duplan avait cruellement souffert de l'indifférence et de la sécheresse de cœur de sa femme ; aussi avait-il reporté toute sa tendresse sur leur fils, le petit Max, dont la naissance l'avait rendu fou de joie.

Malheureusement pour l'enfant, cette tendresse lui manqua tout à coup, justement à l'âge où il commençait à en avoir le plus grand besoin. Il avait dix ans quand son père mourut brusquement de la rupture d'un anévrisme.

Cette mort le laissait doublement orphelin ; car, non seulement il perdait un père excellent qu'il adorait, mais, à partir de ce jour, sa mère qui n'avait jamais été tendre se désintéressa complètement de lui.

En effet, Mme Duplan, qui, de par la générosité de son mari, se trouvait à la tête d'une belle fortune personnelle, mit son fils au collège, porta un deuil correct, et, au bout de dix-huit mois, épousa le bel Hector de Prévillac, qu'elle avait connu autrefois chez ses parents, qui n'avait pas un sou, était doué d'une médiocre intelligence, mais portait un tortil de baron dans ses armoiries.

La nouvelle baronne avait réalisé tous ses rêves : elle était noble, elle était riche, elle avait une habitation magnifique, une automobile à ses ordres, un mari à ses pieds. Pourquoi, alors, semblait-elle plus triste, plus sombre, plus fermée que jamais ?

C'est que la Providence, par un juste retour, lui avait infligé la plus terrible des épreuves.

Cette femme, si manifestement insensible, aimait follement, passionnément, exclusivement le fils qu'elle avait eu de son second mariage : le pauvre petit Lucien.

Il est vrai de dire que cet enfant adoré était le plus charmant, le plus tendre, le plus intelligent, le plus délicieux qu'on puisse rêver.

Hélas ! après avoir eu une enfance délicate et avoir donné à ses parents toutes les angoisses et toutes les inquiétudes, il avait eu vers sa douzième année une déviation de la colonne vertébrale.

Cet accident terrible l'avait mis à deux doigts de la mort et l'avait laissé complètement impotent, privé à jamais de l'usage de ses jambes.

La baronne avait failli en perdre la raison.

Peu à peu, cependant, il y avait eu un peu d'amélioration dans l'état du petit malade. On avait pu le sortir de la gouttière de plâtre dans laquelle il avait été enfermé pendant deux ans ; il pouvait rester assis dans un fauteuil ou dans sa voiture, lire, écrire, causer... enfin, vivre un peu comme tout le monde.

Néanmoins, Mme de Prévillac était restée profondément aigrie par cette douloureuse épreuve. Tout son entourage souffrait de cet état d'esprit : son mari, sa fille, Marcelle, de deux ans plus jeune que Lucien, et surtout le pauvre Max dont la force et la santé faisaient contraste avec la faiblesse et la fragilité de son frère.

Après être resté quelques minutes, debout et silencieux, au milieu du salon, Max s'assit brusquement sur une petite chaise et lança tout d'une haleine, comme s'il eût eu peur de ne pouvoir continuer s'il s'arrêtait :

— Maman, je viens vous dire quelque chose... quelque chose de bien ennuyeux : je suis ruiné...

— Ruiné !... s'écria la baronne avec plus d'indignation que d'étonnement. Et par quelle série d'absurdités es-tu arrivé à ce brillant résultat ?

— Je n'en sais rien du tout, j'ai toujours dépensé sans compter, c'est vrai, mais il me semble que je n'ai pas fait tant d'absurdités que cela.

— Mon garçon, ton tuteur t'a remis exactement, le jour de ta majorité, la somme de douze cent mille francs qui, placés comme ils l'étaient, devaient te rapporter de soixante à soixante-dix mille francs de rente. Encore une fois, par quels procédés as-tu dissipé cette somme en l'espace de sept ans ?

— Ma chère mère, vous comptez fort bien, mais à quoi servirait l'énumération de mes absurdités, comme vous le dites ? Je suis ruiné, c'est un fait, il est inutile de se lamenter, il vaut mieux chercher un remède à cette situation.

— Eh bien, quel remède comptes-tu employer ? dit la baronne d'un ton pincé.

— D'abord, en vendant tout ce qui me reste : mes tableaux, mes meubles, mon auto, en faisant rentrer quelque argent prêté à des amis, je pense liquider à peu près mes dettes. Vous voyez que je n'ai pas fait tant de folies que vous semblez le penser...

— Naturellement ! C'est moi qui ai tort !... Tu es la sagesse et l'économie mêmes. Mais je serais curieuse de savoir quels sont tes projets.

— Maman, je pensais... j'espérais... que vous consentiriez à m'aider un peu.

— Comment ! t'aider !... Te donner de l'argent ?

— Non, pas me le donner, me le prêter... je travaillerai, je vous le rendrai.

Mme de Prévillac éclata de rire.

— Te prêter de l'argent !... Et pourquoi faire ?... Pour que tu continues ta vie déréglée, et que je te voie revenir, dans trois mois, exactement au même point qu'aujourd'hui ? Tu rêves, mon pauvre garçon...

En entendant ces paroles ironiques, Max rougit violemment et fut sur le point de répondre sur le même ton. Mais il se contint et, se rapprochant de sa mère, lui dit d'une voix un peu tremblante :

— Maman, ne vous moquez pas de moi, je suis très malheureux, je vous assure. Oui, j'ai sottement gaspillé mon argent, j'avoue que j'ai eu grand tort, mais je n'ai jamais rien fait de mal ni de déshonorant, vous n'avez pas à rougir de moi...

— Il ne manquerait plus que ça, interrompit aigrement la baronne.

Comme s'il n'avait pas entendu, Max continua :

— Maintenant, j'ai vingt-huit ans, je suis raisonnable, je veux travailler et refaire ma vie. Pour cela, il ne me faut qu'un peu d'aide, je viens vous la demander, vous n'aurez pas à vous en repentir, je vous le jure.

— Tout cela, ce sont des mots, mon ami. Que veux-tu ? Dis-le, quoique je ne puisse certainement rien pour toi.

— Vous le pouvez, si vous le voulez. Voici : Il me faut 10.000 francs. Avec cet argent, je partirai en Tunisie faire de l'agriculture.

— Max, tu parles sérieusement ?

— Oui, très sérieusement. J'ai bien réfléchi, allez, avant de me décider... Maintenant, je suis résolu. J'ai retrouvé, il y a trois mois, un ancien camarade de régiment, c'est un brave garçon, intelligent et débrouillard, il est le fils de paysans qui avaient un peu de bien.

« Les vieux sont morts, mais, le bien partagé, il ne reste pas grand'chose à chacun, car ils sont quatre enfants.

« Les frères et sœurs de mon camarade lui ont proposé de lui racheter sa part. Il a accepté. Il possède 5.000 francs, il veut s'installer en Tunisie et se livrer à la culture des primeurs. Seulement, 5.000 francs sont insuffisants pour faire quelque chose de bien.

« Je veux m'associer avec lui. Il s'occupera de la partie technique, moi de l'administration. Nous sommes bien portants et courageux tous les deux, nous réussirons.

« Maman, encore une fois, venez à mon secours, je vous en supplie. Sans cela, qu'est-ce que je vais devenir ? »

Mme de Prévillac avait écouté toute cette explication sans sourciller. Elle parut réfléchir un moment, puis, de son ton le plus indifférent, elle répondit :

— Mon ami, tout ce que tu me dis là est fort beau, mais malheureusement je n'y crois pas. Tu as été fou jusqu'ici, fou tu resteras : on ne se refait pas à ton âge.

« Ton père t'a ridiculement gâté pendant ton enfance. Quand j'ai voulu réagir contre cette mauvaise éducation, il était trop tard. Tu ne m'as jamais écoutée. Comme tu le vois, c'est regrettable pour toi.

« Maintenant, tu t'adresses à moi pour réparer tes folies. Je ne peux ni ne veux entrer dans cette voie, ce serait néfaste.

— Alors, mère, vous refusez ? Vous n'avez pas confiance en moi ?

— Je refuse, je n'ai pas confiance du tout. J'ai de lourdes charges qui ne me permettent pas de faire des libéralités. Tu sais que ton beau-père n'a aucune fortune personnelle. Je dois garder la mienne pour mes autres enfants. Je ne peux donc rien pour toi, tu as eu une part assez belle, il fallait la conserver.

— Mais, enfin, maman, s'écria Max avec violence, que voulez-vous que je fasse ? Un apache ?... Un cambrioleur ?... Que je me fasse sauter la cervelle ?... Ah ! ce serait une solution et personne ne me regretterait.

— Il est inutile de te livrer à ces manifestations mélodramatiques et vulgaires, interrompit la baronne sans s'émouvoir, je les ai en horreur.

« Au reste, en voilà assez sur ce sujet, tu sais que je ne reviens pas sur une décision. »

Puis, tranquillement, comme si rien ne s'était passé, elle ajouta :

— Que fais-tu ce soir, Max ? Si tu restes dîner, tu préviendras à l'office. Moi, je vais me reposer dans ma chambre, j'ai mal à la tête.

Cette conversation avait exaspéré au plus haut point le jeune homme qui ne brillait pas par la patience. Il suffoquait.

Se levant d'un bond, il saisit son chapeau et, pour fuir plus vite la présence de cette mère qu'il jugeait dénaturée, il sauta par la fenêtre, puis disparut bientôt à travers le parc.

II

Il était cinq heures au soir, le soleil commençait à descendre à l'horizon et mettait une lumière d'or à travers les belles futaies qui composent les bois de Fosses-Reposes au-dessus de Versailles.

Par cette soirée magnifique, un jeune homme cheminait lentement. Il pouvait avoir une trentaine d'années et portait avec grâce un costume de la plus irréprochable correction. Son veston gris d'une coupe parfaite, ses bottines claquées de daim, ses gants de chamois clair, sa cravate éblouissante, son visage complètement rasé selon la mode du jour, tout enfin dans son accoutrement dénotait un souci d'élégance peut-être exagéré.

Tout à coup, le promeneur solitaire tressaillit, en entendant sur sa droite un bruit de branches brisées. Il s'arrêta et resta pétrifié au milieu du chemin.

Un homme débouchait du taillis, pâle, les vêtements en désordre, couvert de terre et de mousse, les cheveux embroussaillés, en un mot ayant la mine de quelqu'un qui vient de faire un mauvais coup.

Une double exclamation retentit quand les deux hommes se trouvèrent en présence :

— Max !...

— Rémy !...

L'élégant Rémy Boisléger contemplait avec stupéfaction son ami Max Duplan — car c'était lui — en se demandant non sans inquiétude ce qui avait bien pu lui arriver.

De fait, le pauvre garçon venait de passer une heure affreuse, seul avec ses pensées, ses soucis et son indignation. Comme un grand enfant qu'il était resté, il s'était laissé aller à son désespoir et avait pleuré de tout son cœur en se roulant dans la mousse.

Ceci avait eu le bon résultat de le calmer un peu, mais n'avait pas arrangé sa toilette.

La rencontre de son ami rendit soudain toute sa présence d'esprit à Max. Il avait tant d'affection pour son vieux camarade !

Cette amitié était précieuse à Rémy Boisléger à toutes sortes de points de vue. Il est si commode, quand on est sans le sou, d'avoir un ami riche, généreux, étourdi et sans méfiance ! C'est une mine qu'il est bon d'exploiter mais aussi de ménager.

Malheureusement, depuis un certain temps, la mine s'épuisait sensiblement, ce qui n'était pas sans causer quelque contrariété au jeune homme dont le vague métier de journaliste n'était pas très lucratif.

Max, naturellement, ne s'apercevait de rien.

Aussi, ce fut avec un élan de véritable joie qu'il s'écria en tendant les mains à Rémy :

— Mon cher ami, quel bonheur de te rencontrer... J'étais absolument en train de perdre la boule.

— Je m'en aperçois ! riposta l'autre un peu sèchement. D'où sors-tu ainsi, fait comme un voleur ?... Allons, secoue-toi un peu, on te prendrait pour un apache.

— Oh ! ça ne m'étonne pas, répondit Max en agitant avec insouciance son épaisse crinière brune, voilà une heure que je gémis affalé dans l'herbe.

« Ah ! vieux camarade, je suis bien malheureux ! Vois-tu, si j'avais eu un revolver sous la main, je crois que tu ne m'aurais pas retrouvé vivant.

— Enfin, explique-toi, voyons ! D'où vient cette crise subite de désespoir ?

— Comment ! Subite !... Mais tu sais bien que je suis ruiné, fini, perdu...

Rémy tressaillit légèrement et son visage eut une expression glaciale, mais il répondit tout de même avec une certaine brusquerie affectueuse :

— Oui, tu es ruiné, je le sais, bien sûr. Et après ! Tu ne l'es pas plus aujourd'hui qu'hier ? Et puis, en fin de compte, tu as une mère riche...

— Une mère !... éclata Max avec indignation. Tu peux en parler !... Devant mon repentir et mon désespoir, elle n'a pas eu un mot de pitié, pas un élan de tendresse ! Rien !... Ah ! je peux mourir, ce n'est pas elle qui me regrettera !

— Tu exagères, Max, ta mère t'en veut d'avoir mangé ta fortune, il faut avouer qu'elle n'a pas tout à fait tort...

— Si, elle a tort, tout à fait tort ! Si ma mère m'avait élevé et aimé comme c'était son devoir, je n'aurais jamais fait toutes les sottises qu'elle me reproche maintenant.

« Moi, qui l'aurais tant aimée si elle avait voulu !... Mais voilà... elle n'a aucune affection pour moi... »

Et la voix du pauvre garçon se brisa dans un sanglot; il avait les yeux pleins de larmes.

— Voyons ! voyons ! calme-toi ! implora Rémy.

— Si tu crois que c'est une vie ? N'avoir personne au monde qui tienne à vous; autant mourir tout de suite.

Mais sur un geste de protestation de son ami, le jeune homme s'arrêta et reprit avec élan :

— Oui, mon vieux, je sais bien que toi tu es un véritable frère... Et puis, il y a aussi mon petit Lucien qui m'adore, mais...

— Tu oublies encore quelqu'un, souffla Boisléger avec un sourire entendu.

Le front chargé de nuages de Max s'assombrit encore et il murmura douloureusement :

— Léa... Ah ! Rémy, c'est sa pensée qui me désespère. C'est pour elle que j'ai eu le courage d'aller implorer ma mère aujourd'hui.

« J'avais rêvé de refaire ma vie, de travailler. J'aurais passé un an ou deux en Tunisie. Elle m'aurait attendu... Puis, nous nous serions mariés. Elle serait venue là-bas dans une petite maison que j'aurais fait bâtir pour elle...

— Paul et Virginie !... gouailla Rémy, qui semblait peu goûter cette idylle.

— Chère petite Léa, continua Max sans prendre garde à l'interruption, elle est si belle, si bonne, si intelligente... Qu'est-ce qu'elle va devenir, seule avec son vieux père ? Car, hélas ! il faut bien que je renonce à elle, moi ! Je ne sais rien, je ne suis bon à rien, je ne serai même pas capable de gagner ma propre vie... Comment entraîner une femme dans une pareille misère ? Tandis que moi disparu, jolie comme elle l'est, elle trouvera des partis à la douzaine.

— Tu as fini tes lamentations ? interrompit Boisléger visiblement agacé. Ecoute, je vais te donner un conseil. Puisque tu supposes que le joli physique de Mlle Léa Peyret doit lui amener de nombreux prétendants, fais comme elle. Cherche-toi une femme qui te prenne pour tes beaux yeux.

— Mais oui, tu as raison ; j'ai souvent pensé à cette solution ; elle serait bien simple. Ah ! si je n'aimais pas tant Léa !...

— Tiens ! tiens ! monsieur le désespéré. Tu as des vues sur une millionnaire ? Mes compliments !

— Voyons, Rémy, ne ris pas, je suis atrocement malheureux et perplexe. Oui, c'est une chose que je ne t'ai jamais dite, car je ne voulais pas y penser moi-même. Mais maintenant... maintenant que j'ai perdu tout autre espoir... je me raccroche à cela, malgré moi...

« Tu sais, ta cousine, Marguerite Verdier ?... Eh bien, je suis sûr — sûr autant qu'on peut l'être avec une personne aussi réservée — enfin, je me doute qu'elle m'aime, et qu'elle m'épouserait, si je voulais...

— Ma cousine Marguerite !... clama Rémy abasourdi ; mais elle a dix ans de plus que toi.

— Pardon ! cinq ou six au plus.

— Enfin, où as-tu fait cette belle découverte ?

— Ah ! tu sais, elle ne m'a pas fait une déclaration, mais ces choses-là se sentent.

— Eh bien, tu peux dire que tu en as de l'astuce !... Moi qui te croyais tout occupé de cette pauvre Léa Peyret !... Et tu cultives les héritières ! Car tu sais, elle a le sac, Marguerite ! Cette folle de tante Claire, qui était sa marraine, lui a laissé toute sa fortune : cinquante mille francs de rente — à notre détriment, comme tu t'en souviens, puisque mon père, étant son cousin germain, aurait dû hériter.

« Mais nous nous sommes brossés... La chère filleule, choyée, gâtée par sa marraine, qui l'a fait élever comme sa fille par cette vieille perruche de Mlle Varlet, était un amour, une merveille, une perfection...

« Un prince, voilà ce qui lui fallait !... Elle a au moins trente-deux ou trente-trois ans : elle n'a pas encore trouvé son idéal... Et c'est sur toi que cette déesse a enfin jeté les yeux ! Non, c'est comique !... »

Et Rémy Boisléger, à qui décidément ne semblait pas agréer les confidences de son ami, éclata d'un rire sec qui sonnait faux.

Le trop confiant Max en fut lui-même désagréablement impressionné.

— Eh bien, qu'as-tu à te tordre ? dit-il. C'est tellement drôle ce que je te raconte ?...

« Je ne te dis pas que Mlle Marguerite m'a sauté au cou. Mais je suis certain, tu entends, certain que je ne lui déplais pas. Et ce qui me le prouve encore plus que son attitude à elle, c'est celle des Lethuel, quand par hasard nous nous trouvons ensemble. Ils font une tête !... »

— Parbleu ! c'est que l'argent de Marguerite fait bien dans la maison ! Dame ! Jeanne Lethuel n'a pas eu la veine de sa sœur. Elle n'avait pas le sou, naturellement — le père Verdier était un vrai panier percé et il avait un caractère !... Aussi, sa fille a accepté le premier chien coiffé qui a bien voulu d'elle.

« Au fond, elle n'est pas heureuse, la pauvre ! Lethuel est un crétin, il gagne... quoi ? quatre mille francs au ministère et ils ont deux garçons à élever. Ah ! si Marguerite se mariait, ce serait gentil !

— Ne te frappe pas, elle n'est pas mariée, je n'ai pas encore dit oui. Elle est pourtant charmante, ta cousine ; je suis sûr qu'elle fera une femme délicieuse... c'est dommage tout de même que j'aie le cœur pris ailleurs...

« Voyons, Rémy, donne-moi un conseil. Crois-tu qu'il soit honnête de l'épouser dans ces conditions ?

— Honnête ? ça dépend, bougonna l'autre ; en voilà une question !...

Mais, oui, ça dépend d'un tas de considérations. Tu m'ahuris à la fin; tu veux te tuer et puis tu veux partir; maintenant, tu parles de te marier. Quoi encore ?... Que veux-tu que l'on réponde à un fou comme toi ?

« Et puis, tu sais, je file, tu m'as fait perdre tout mon temps, il faut pourtant que je sois avant la nuit chez ma tante Renaudier. La brave femme se couche à sept heures !...

« Moi, je n'ai pas d'héritière en perspective et si tes fonds sont bas, les miens sont à sec... La chère tante est la bonté même et se laisse assez facilement tirer un billet de cent francs par ci par là.

— Pardon, mon pauvre vieux ! s'écria Max, je suis un égoïste, je ne te parle que de mes soucis... Mais, vois-tu, j'étais si bouleversé et cela m'a fait tant de bien de décharger mon cœur...

« Toi aussi, tu es ennuyé. Hélas ! Autrefois, j'aurais pu t'aider, mais maintenant... Je me reproche même une chose, c'est de t'avoir suivi dans cette affaire de mine... Je ne t'ai servi à rien et je t'ai porté malheur.

— Le fait est que ça a plutôt mal tourné, répondit Boisléger soucieux, je m'en occupe pourtant avec activité.

— Toujours la déveine ?

— Hé oui !... Enfin, si on peut seulement arrêter les frais sans trop d'avarie, ça ira. Malheureusement...

— Malheureusement, quoi ?

— Il ne faudrait pas que nos actionnaires nous demandent des comptes trop vite. Ça pourrait faire du grabuge.

— Nos actionnaires ? Qu'est-ce qu'ils peuvent faire ? questionna l'innocent Max tout étonné.

— Oh ! rien, rien, répondit vivement Rémy en se mordant la langue. Ne t'inquiète pas, va, je ferai pour le mieux, compte sur moi.

« Mais, à propos, il faudra que tu passes un jour au bureau, j'ai quelques signatures à te demander. Oh ! des signatures sans importance, seulement pour la régularité des comptes; tu sais là-dessus je suis le scrupule même.

— Oui, oui, je sais, aussi j'ai une confiance aveugle en toi, je signerai ce que tu voudras, naturellement.

L'homme scrupuleux se mit à rire et s'écria légèrement :

— Allons, ne nous tracassons pas trop. Quand tu auras épousé ton million, vive la joie...

Max prit un air grave et répondit vivement :

Ah ! c'est vous, Max (p. 12)

— Oh ! non, pas cela... Si jamais j'épouse Marguerite, je serai un mari modèle et son argent me sera sacré... Ce serait trop vilain autrement.

— Mais bien sûr, je riais... On n'attaque pas ta vertu, va.

Les deux jeunes gens, qui au cours de cette longue conversation, s'étaient assis sur un des bancs rustiques disposés dans le bois par les soins prévoyants du « Syndicat d'initiative de Versailles », se levèrent et se dirigèrent de compagnie vers la porte de Villeneuve qui ne se trouvait qu'à quelques pas de là.

Après s'être serré la main, ils prirent, l'un le chemin de la gare, l'autre le sentier qui conduisait à la modeste habitation de la tante Renaudier.

Celle-ci demeurait avec sa vieille bonne Rosalie et sa petite-fille Marie-Rose au rez-de-chaussée d'une assez vaste maison, sorte de pension de famille où l'on louait de petits appartements à des femmes seules qui trouvaient là une installation tranquille et convenable pour un prix modique.

III

Marguerite Verdier était une fort jolie femme en tout temps, mais elle était particulièrement bien lorsqu'elle montait à cheval.

Elle était grande, d'une taille élégante, bien proportionnée. Aussi, le costume d'amazone qu'elle portait ce matin-là faisait-il valoir la jolie ligne de son buste, l'attache parfaite de ses bras et de sa nuque surmontée d'un gentil petit tricorne.

Son visage, trop pâle, était loin d'être parfait, mais le regard charmant de ses beaux yeux gris, le sourire de sa bouche mobile et fine rachetaient le défaut du nez un peu gros et des joues trop lourdes, souvent blafardes.

Malgré toutes ces imperfections, cette tête de femme était extrêmement attachante. On sentait que celle qui avait ce visage calme était réellement, profondément bonne et intelligente, qu'il n'y avait sous ce front, couronné de magnifiques cheveux châtains, que des idées élevées et des pensées droites et pures.

A trente-deux ans, Marguerite paraissait en avoir vingt-cinq, tant elle avait l'air candide et simple.

A trente-deux ans, elle était restée une vraie jeune fille, avec tous les élans, la sensibilité, la générosité, la confiance de la jeunesse. En même temps, elle était grave et réservée comme une femme qui a réfléchi, souffert et vu souffrir.

En sorte que ce mélange faisait d'elle une personne un peu exceptionnelle et tout à fait charmante.

Aussi, le colonel Verdier, oncle paternel de Marguerite, qui lui servait de cavalier, n'était-il pas peu fier de l'escorter.

Le colonel était un brave homme, franc et un peu rude, qui avait dû prendre sa retraite prématurément, car sa santé délabrée par de trop longs séjours aux colonies ne lui avait pas permis de continuer sa carrière, et vivait modestement de sa pension.

N'ayant rien à faire, il s'était improvisé le professeur d'équitation de sa nièce, qui avait pris le goût le plus vif à ce sport.

Il est vrai que, depuis la mort de sa marraine, arrivée deux ans plus tôt, la vie n'était pas gaie pour la jeune héritière. Sa sœur Jeanne, élevée par son père — c'est-à-dire pas élevée du tout — n'avait ni ses idées ni ses goûts. De plus, la pauvre créature, abrutie par une vie mesquine et des soucis matériels toujours renaissants, n'était pour son aînée d'aucun secours intellectuel.

Marguerite, quand elle s'était trouvée en possession de son héritage, avait cru de son devoir de partager sa fortune avec les siens. Elle habitait donc avec sa sœur et son beau-frère depuis deux ans. Mais elle s'était vite aperçue que l'argent ne suffit pas à lui seul pour créer un intérieur agréable, une famille unie, un foyer enfin.

Jeanne Lethuel avait toujours été nonchalante, désordonnée, paresseuse. L'argent que sa sœur lui donnait passait dans ses mains sans profit pour personne. Quant à Félix Lethuel, il n'était guère plus courageux que sa femme et pas plus intelligent. Seulement, il retrouvait soudain une grande énergie lorsqu'il s'agissait d'accabler son épouse d'injures et de reproches ou de se plaindre de tout et de tous.

Marguerite souffrait cruellement de cet état de choses, qui était si contraire à sa nature élevée et fine, et auquel elle ne pouvait apporter aucun remède efficace.

Quitter ses parents ? Elle y avait songé souvent.

Se marier ? C'eût été une solution. Mais la sage Marguerite ne s'était jamais mise en face de cette idée.

Cependant, depuis deux ans que la jeune fille était riche, les partis ne lui avaient pas manqué. Mais les prétendants, pris dans le milieu un peu vulgaire des Lethuel, n'avaient jamais été de son goût.

Un seul homme aurait pu lui plaire, car il était incontestablement intelligent et distingué : c'était son cousin Rémy Boisléger. Il lui avait fait pendant quelque temps une cour discrète. Mais la jeune fille éprouvait pour lui une véritable antipathie. Il s'en était rendu compte et s'était retiré.

Marguerite aurait été du reste bien incapable de donner la raison du sentiment tout instinctif qu'elle ressentait pour son cousin, pas plus qu'elle ne savait pourquoi elle éprouvait une si vive sympathie pour l'ami, l'inséparable de Rémy : le beau Max Duplan.

Elle avait eu souvent l'occasion de rencontrer les deux jeunes gens et de tout temps elle s'était sentie attirée par la nature droite, généreuse, confiante de Max. Elle savait qu'il était seul au monde, sans guide, sans parent, ayant une mère qui ne l'aimait pas, et ceci paraissait à la tendre Marguerite le pire des malheurs.

Elle avait toujours envie de lui proposer son affection... de lui donner des conseils... comme une grande sœur ! Elle aurait voulu s'occuper de lui, pénétrer dans sa vie, le diriger vers le bien, l'aider à sortir de l'existence frivole qu'il menait... En un mot, il l'intéressait plus qu'elle ne voulait se l'avouer à elle-même.

Ce matin-là, Mlle Marguerite trottait gaiement aux côtés de son oncle dans les allées du bois, quand un cheval, lancé à fond de train, vient presque la heurter ; sa jument eut peur, se cabra... puis partit au galop à la suite du malencontreux cavalier.

Celui-ci, en entendant du bruit derrière lui, arrêta sa monture avec une extrême aisance et se retournant, aperçut la jeune fille qui cherchait en vain à maîtriser sa bête affolée.

Max — car c'était lui — reconnut immédiatement l'amazone.

— « Tiens ! tiens ! comme ça se trouve ! bougonna-t-il : en mettant lestement pied à terre, juste à temps pour saisir la bride de la jument qu'il arrêta net.

— Oh ! monsieur Max, quelle peur vous m'avez faite ! s'écria Marguerite.

— Recevez mes excuses, mademoiselle, je suis tout à fait désolé. Je ne me pardonnerai jamais de vous avoir causé cette frayeur...

A ce moment déboucha le colonel.

— Ah ! elle est bien bonne ! s'écria-t-il... Accompagnez donc les demoiselles pour qu'au premier détour elles vous plantent là... pour courir après les jeunes gens !

— Oh ! monsieur ! répliqua Max, je vous réponds bien que c'est par force que Mlle Verdier a couru sur mes traces...

— C'est bon, c'est bon ! répondit le colonel en riant. On vous pardonne et si cela ne vous ennuie pas trop de vous promener en compagnie de gens raisonnables, je vous invite à nous accompagner.

Max ne se fit pas répéter deux fois l'invitation, et ravi au fond de l'aventure, il se mit à caracoler aux côtés de la belle amazone que le destin mettait si complaisamment sur son chemin.

— Vous savez, monsieur Max, dit Marguerite au bout d'un instant, nous allons à Bagatelle, ce côté du Bois est ravissant et on y est bien plus tranquille que dans l'allée des Acacias.

— Certainement, acquiesça le jeune homme d'un air désabusé. Je déteste l'humanité en général, mais les échantillons qui s'exhibent dans les endroits chics me dégoûtent particulièrement.

— Non ! Mais quel accès de misanthropie !... s'exclama la jeune fille en riant. Que vous est-il donc arrivé, grand Dieu ?

— Oh ! il m'est arrivé une chose bien simple que j'aime autant vous dire tout de suite, car vous la sauriez bientôt de toutes façons : je suis ruiné et dans quelques jours je ne saurai plus où poser ma tête... Il me restera comme ressource d'aller demander mon pain sur les routes ou de faire un plongeon dans la Seine... Tenez, là-bas, au-dessus du barrage de Suresnes...

Marguerite ouvrit de grands yeux et regarda curieusement son compagnon. Elle était peu habituée à lui entendre prendre ce ton et restait tout étourdie de la confidence.

— Oui, vous pouvez me regarder, continua Max avec amertume, je me suis sottement ruiné, je n'ai pas de métier, personne ne s'intéresse à moi ; alors, à quoi bon vivre ?

— Mais, malheureux, et votre mère ?

— Ah ! taisez-vous, mademoiselle, ne me parlez pas d'elle, vous ne savez pas quel chagrin vous me causez.

Le colonel, à ce moment, se trouvait en arrière, laissant les deux jeunes gens bavarder sans se mêler à leur conversation. Ils étaient donc seuls, presque en tête-à-tête.

Marguerite, plus émue qu'elle ne voulait le paraître, se rapprocha de son compagnon et lui dit affectueusement :

— Mon ami, je sais que vous êtes malheureux, et je voudrais pouvoir vous être de quelque secours, car j'ai toujours eu beaucoup de sympathie pour vous... — il m'est permis de vous dire cela, puisque je suis votre aînée, ajouta-t-elle en rougissant un peu.

— Oh ! mademoiselle Marguerite, je sais bien que vous êtes la bonté et l'indulgence mêmes !... Je serais trop heureux si j'avais pu mériter votre amitié, mais j'en suis si peu digne ! Que peut-il y avoir de commun entre un pauvre diable comme moi, sans le sou, stupide, dévoyé, à peine instruit, et une jeune fille comme vous ?

— Quelle idée !... Tenez, à partir d'aujourd'hui, je suis votre amie ; donc, en cette qualité, je vais vous faire la morale... Voyons, un homme comme vous, jeune, bien portant, pas stupide du tout, contrairement à ce que vous prétendez, n'a pas le droit de se laisser aller ainsi, c'est une honte : travaillez, que diable !

— Mais à quoi ?... Je vous dis que je ne suis bon à rien et que personne ne s'intéresse à moi.

— Puisque je suis votre amie. Reprenez courage, voyons ! Arrangez vos affaires, liquidez le passé et cherchez-vous ensuite une situation.

« Le travail est un remède à tant de maux. Tenez, je suis sûre que, si votre mère vous voyait travailler courageusement, elle serait plus indulgente et vous viendrait en aide.

Max eut un geste de doute découragé. Il sentait vaguement que la pitié était peut-être le meilleur chemin pour atteindre le cœur de Marguerite. Aussi, continua-t-il ses lamentations — de bonne foi, du reste, car il était réellement malheureux. De plus, il goûtait inconsciemment le charme de se faire plaindre par cette voix douce et compatissante.

— Mademoiselle, reprit-il, je vais tâcher de vous écouter... et m'efforcer de refaire un homme de la pauvre loque que je suis... Mais, j'aurais besoin d'être guidé, encouragé dans cette nouvelle voie... et je suis toujours seul, livré à moi-même...

« Il faudrait que vous pussiez me conseiller, me gronder quand ce serait nécessaire... Et n'est-ce pas trop demander à votre dévouement ?

— Oh ! non, dit vivement Marguerite, entraînée malgré elle en dehors de sa réserve habituelle, je veux bien faire pour vous tout ce que je pourrai.

— Alors, j'irai vous voir demain, déclara le jeune homme.

— Quel fou !... Non, je suis très occupée ces jours-ci...

— Patatra !... Voilà ma chance ! J'ai une amie — c'est un miracle — mais quand j'ai besoin d'elle, mon amie est occupée.

— Max — c'était la première fois qu'elle l'appelait ainsi — voulez-vous être raisonnable ? Je vis, comme vous le savez, chez ma sœur, je ne suis pas toujours libre. Je vais chez les Praly demain soir avec ma sœur et son mari. M. Praly est le chef de bureau de Félix. Mon cousin Rémy est très bien vu dans la maison, faites-vous amener par lui.

« Je n'aime pas beaucoup danser, nous causerons.

— Oh ! je veux bien, approuva Max avec élan.

A ces mots, Marguerite rougit brusquement et s'arrêta net.

Elle s'apercevait avec stupéfaction que, depuis une heure, elle causait avec son cavalier et qu'elle avait totalement oublié le colonel.

Ce dernier trottait philosophiquement à cent mètres des jeunes gens et n'avait pas l'air de se formaliser outre mesure de l'abandon où le laissait sa nièce.

— Mais, mon oncle ! s'écria celle-ci toute confuse, pourquoi restez-vous ainsi en arrière ? C'est bien impoli de ma part de vous abandonner de la sorte.

— Oui, oui, mademoiselle, parfaitement impoli, répondit le brave homme en souriant. Mais, tu sais, ma petite fille, je ne suis pas très loquace de ma nature, je laisse volontiers la parole aux jeunes gens qui ont besoin de se délier la langue. Un petit temps de trot pour revenir...

Ils obéirent docilement à cette injonction et se mirent à trotter sagement de chaque côté du colonel.

Après l'élan qui les avait jetés l'un vers l'autre, ils étaient tous les deux embarrassés et n'auraient plus rien trouvé à se dire.

Max surtout paraissait tout songeur et n'ouvrit pas la bouche jusqu'à la porte du bois où il se sépara de ses compagnons après un assez bref « au revoir ».

Marguerite Verdier arriva fort en retard pour déjeuner ce matin-là.

Elle se sentait fatiguée, émue, énervée. Dans la voiture qui la ramenait du manège où elle laissait son cheval, elle avait essayé en vain de mettre un peu d'ordre dans ses idées et de calme dans son maintien.

« Décidément, j'ai la migraine, se dit-elle, en montant lentement, comme à regret, les deux étages qui conduisaient à l'appartement qu'elle habitait place Saint-Michel avec sa sœur et son beau-frère.

Arrivée sur le palier, une violente odeur d'oignon et de graisse brûlée lui chatouilla désagréablement l'odorat. Elle poussa un soupir, entra et, ayant refermé la porte de la cuisine, toujours ouverte, elle pénétra dans la salle à manger où toute la famille réunie l'attendait.

— Pardon, mes amis, je suis en retard. Jeanne, tu peux faire servir, j'ôte mon amazone et je reviens dans trois minutes.

Marguerite aurait eu grande envie de rester seule avec ses pensées dans la paix et le silence de sa chambre.

Mais elle s'était habituée à exercer sur elle-même une sévère discipline. Elle revint donc à la salle à manger et s'efforça d'absorber ce qu'il y avait dans son assiette en soutenant la conversation avec son beau-frère.

L'effort était méritoire. La cuisine, mal surveillée par la maîtresse de maison incapable, était détestable. Quant à la conversation, elle avait généralement le don d'horripiler la jeune fille.

Ce jour-là, elle l'exaspérait. Félix Lethuel, selon son habitude, déroulait inlassablement ses histoires de bureau insipides, faites de médisances, de potins ou de plaisanteries absurdes.

Jeanne, elle, parlait peu en présence de son mari, qui la rabrouait volontiers au moindre mot qu'elle disait.

Mais il faut avouer que son mari n'avait pas tort ce matin là, elle offrait l'image du désordre le plus complet.

Ses cheveux blonds qui étaient fort jolis et abondants pendaient de tous côtés sur son visage, son peignoir bleu pâle, prétentieux, était garni de dentelles sales et ses pieds traînaient d'infâmes savates.

— Ecoutez, Félix, reprit Marguerite qui eut pitié de sa sœur, gardez vos récriminations pour une autre fois. J'ai mal à la tête et cela me rend tout à fait malade de vous entendre vous disputer.

— Tiens, c'est vrai, vous êtes toute pâle, dit l'aimable personnage à qui sa riche belle-sœur en imposait un peu.

— Je crois que c'est le soleil qui m'a fait mal. Je vais avaler mon café et aller me reposer dans ma chambre. Jeanne, tu diras qu'on me laisse tranquille.

— Il faudra bien, répondit celle-ci avec humeur. Comme c'est agréable ! Tu te promènes le matin et tu dors l'après-midi... Et nos robes pour demain, c'est moi qui les arrangerai toute seule ?

Marguerite répliqua en souriant avec indulgence :

— Non, non, ne t'affole pas, nous aurons bien le temps de faire cela demain toute la journée. En ce moment, j'ai réellement besoin de repos et j'ai du travail pour ce soir.

La jeune fille rentra chez elle en poussant un soupir de soulagement. « Mon Dieu ! qu'il fait chaud ici ! » s'écria-t-elle en se dirigeant vers la fenêtre.

En effet, le beau soleil d'automne inondait la pièce, répandant sur les choses cette lumière dorée, éblouissante, toute spéciale à l'atmosphère de Paris en général et aux bords de la Seine en particulier.

Cette chambre claire et gaie était délicieuse. Les murs, tendus d'une originale toile de Jouy, étaient ornés de belles gravures. Il y avait des livres sur des rayonnages, des fleurs fraîches dans les vases, une corbeille à ouvrage où voisinaient une magnifique broderie et de minuscules chemises destinées à quelque œuvre de charité. Tout, enfin, dans cette retraite, attestait le bon goût comme les habitudes d'ordre et de travail de celle qui l'habitait.

Marguerite, après avoir contemplé une minute le merveilleux spectacle qui s'offrait à ses regards, ferma ses volets, puis, s'allongea dans une confortable bergère et ferma les yeux.

Le silence, l'obscurité calmèrent un peu sa migraine. Cependant le sommeil ne venait pas. Trop de pensées confuses s'agitaient dans sa tête. Elle aurait voulu voir clair en elle-même, mais c'était une tâche ardue.

L'image de Max malheureux la hantait et c'était justement cette hantise qu'elle ne voulait ni s'avouer ni appeler par son véritable nom.

« Allons, conclut-elle au bout de deux heures de méditation, tout ceci ne signifie rien. Je suis folle, un coup de soleil m'a égaré la raison... A mon âge, je ne vais pas me mettre à aimer ce gamin !... Car, c'est un enfant, hélas !...

« Voyons, assez de rêveries ! Et maintenant, au travail... Si j'avais à gagner ma vie, comme cette chère demoiselle Varlet, j'aurais l'imagination moins folle. »

D'un geste énergique, la jeune fille se leva, remit un peu d'ordre dans sa toilette, puis ayant ouvert la fenêtre, s'assit devant sa table.

De grandes feuilles de papier écolier couvertes d'une écriture élégante et nette s'étalaient sur le buvard. C'était la traduction d'un roman anglais, dont Marguerite s'était chargée pour venir en aide à sa vieille institutrice, Mlle Varlet. Cette dernière était d'une délicatesse exagérée et n'aurait pas accepté un secours en argent, mais elle consentait à se laisser suppléer dans son travail par son élève reconnaissante et dévouée.

Elle se mit courageusement à l'œuvre et oublia tous ses soucis dans la divine paix du travail.

IV

Max Duplan, après sa promenade au Bois en compagnie de Marguerite Verdier, était resté tout songeur.

Il avait réfléchi profondément et cette opération l'avait troublé à un tel point qu'il n'avait pu dormir de la nuit.

Jusqu'ici, l'heureux garçon avait joui de la vie sans arrière-pensée et rien n'était venu altérer la sérénité de son esprit ni la paix de son sommeil.

Mais, maintenant, tout était changé ! Il fallait réfléchir et vouloir.

Ce jour même, il devait revoir Marguerite. Quelle attitude prendrait-il à son égard ? Oui ou non, voulait-il l'épouser ? Il sentait bien que la chose dépendait uniquement de sa volonté, à lui. Mais c'était justement à cette résolution qu'il ne pouvait se résoudre... Car, pour épouser l'héritière, il fallait renoncer à un autre rêve...

Max, étalé sans force au fond d'un grand fauteuil devant sa fenêtre ouverte, fermait les yeux et son esprit évoquait une fine silhouette, un visage délicat, couronné d'une masse énorme de cheveux blonds, qui semblaient accaparer toute la force, toute la vie de ce corps si frêle.

« Léa ! »... gémit le jeune homme.

Il avait prononcé ce nom tout haut et brusquement s'était comme éveillé de son rêve.

« Allons ! du courage ! il le faut », dit-il.

Et sautant sur ses pieds, il prit son chapeau et sortit en ordonnant à son petit domestique de lui préparer son smoking pour le soir.

Un quart d'heure plus tard, Max entrait dans une maison meublée de troisième ordre, située dans la partie de la rue des Acacias qui avoisine l'avenue de la Grande-Armée.

— M. Peyret est-il chez lui ? demanda-t-il à la concierge-gérante, personne revêche décorée du nom symbolique d'Euphrasie Porte, qui trônait dans un trou noir qu'elle appelait pompeusement son « bureau ».

— Non, bien sûr qu'il n'est pas là à cette heure, répondit Mme Porte. Mais sa fille n'est pas sortie. Si vous voulez lui parler, vous n'avez qu'à monter et à frapper.

Le jeune homme suivit ce judicieux conseil. Mais, quand il arriva sur le palier du second étage, son cœur battait si fort qu'il dut s'arrêter et faire un violent effort sur lui-même pour recouvrer un peu de calme.

« Il le faut », se répéta-t-il. Et il frappa.

Immédiatement la porte s'ouvrit et le fantôme de ses rêves bien réel, bien vivant, apparut à ses yeux, drapé dans un étrange peplum de soie jaune brodé de fleurs et d'oiseaux multicolores.

— Ah ! c'est vous, Max ? Vous pouvez entrer, mon ami, dit l'apparition d'une voix profonde au timbre grave tout à fait inattendu chez cette minuscule personne.

Toute petite, elle l'était vraiment, cette singulière fille, dont les vingt

...uns gardaient une grâce enfantine. Ses mouvements étaient souples et légers comme ceux d'une chatte. Ses merveilleux cheveux pâlissaient un peu au voisinage de la soie éclatante dont elle était vêtue, tandis que ses yeux bleus fonçaient au contraire jusqu'au ton profond et glacé d'un beau saphir. Sa bouche, un peu grande, découvrait de petits dents blanches, pointues, régulières; des dents solides de jeune loup affamé.

C'était, en effet, un bizarre petit animal que Mlle Léa Peyret. N'ayant reçu aucune éducation morale, aucun principe, elle suivait simplement ses instincts.

Antoine Peyret, son père, veuf depuis de longues années, était un ancien administrateur colonial. Etant en résidence à Saïgon, il avait dû, à la suite de pénibles histoires de jeu, prendre sa retraite et interrompre sa carrière avant l'âge normal.

Revenu en France depuis deux ans, il traînait sa fille, de garni en garni et de villes d'eaux en villes d'eaux, jouant et buvant une partie de sa modeste pension.

Au fond, il comptait que la beauté de Léa lui ferait trouver un riche parti, ce qui les tirerait tous les deux de la misère.

Mais la jeune fille se prêtait mal à ses combinaisons. Indifférente et inconsciemment fière, elle vivait volontiers retirée, lisant, rêvant et se parant pour elle-même des belles étoffes tissées d'or et de soie, qu'elle avait rapportées de Cochinchine.

Dix-huit mois plus tôt, au cours d'un séjour à Vichy, Max avait fait la connaissance de la fille et du père, qui soignait aux eaux, disait-il, une maladie de foie contractée « au service de la France ».

Le vieux bohème, malin et peu scrupuleux, avait facilement accaparé le confiant jeune homme et en avait tiré tout ce qu'il avait pu, en attendant de lui faire épouser sa fille.

Max s'était rapidement et sincèrement épris de Léa. Mais les ennuis matériels, dans lesquels il se débattait depuis quelque temps, l'avaient empêché de songer au mariage... tout au moins au mariage avec une fille sans ressources... comme lui.

Il avait cependant continué à fréquenter chez les Peyret et à les aider de ses derniers louis dans les moments trop difficiles.

Cependant jamais un mot d'amour n'avait été prononcé entre lui et la jeune fille. Il l'aimait, mais comme il ne pouvait pas l'épouser, il n'en parlait pas, voilà tout. Il ne se préoccupait même pas de savoir s'il était payé de retour.

C'était seulement sous le coup des émotions de ces derniers jours que Max s'était mis à réfléchir à cette situation insolite... et avait commencé à en comprendre la fausseté.

Il s'apercevait de la profondeur de son amour juste au moment où il fallait y renoncer.

Il se débattait douloureusement contre toutes ces pensées depuis la veille; maintenant, elles l'assaillaient, l'étouffaient, le paralysaient au point de lui ôter toute idée, alors qu'assis en face de son amie, il la contemplait sans pouvoir prononcer une parole.

— Est-ce que vous êtes souffrant ? interrogea la jeune personne étonnée de ce silence.

— Non Léa, mais je suis bien malheureux.

— Allons donc, vous ?

— Oui, moi, affreusement malheureux et doublement désespéré, puisque mon malheur va vous atteindre.

— Je ne comprends rien à ce que vous me racontez... Moi, je peux dire que je suis malheureuse, pour toutes sortes de raisons, hélas !... Mais vous ?... je ne vois pas...

— Vous ne voyez pas ?... Hé ! non, vous ne pouvez pas savoir... Puisque je ne vous ai jamais dit que je vous aime de tout mon cœur !...

La jeune fille tressaillit. Un éclair traversa ses yeux magnifiques et glacés, mais elle ne dit pas un mot, ne fit pas un geste.

— Et qu'il va falloir vous quitter pour toujours, acheva le pauvre amoureux en éclatant en sanglots.

Les yeux de Léa devinrent tout à fait noirs à cette étrange conclusion et sa main se posa doucement sur la main du jeune homme... Elle attendait... Elle attendait, raidie, passive, l'arrêt de sa destinée.

Max prit dans ses doigts la petite main toute froide et poursuivit péniblement :

— Léa, mon amie, il me semble que je ne vous ai jamais tant aimée,
et pourtant c'est mon devoir de vous abandonner, moi qui voudrais pouvoir donner ma vie pour vous !... J'ai été un fou, un misérable fou, mais
j'en suis bien puni... J'aurais voulu vous épouser, vous faire la vie douce,
facile, vous donner toutes les joies que vous méritez... et il faut, au contraire, que je disparaisse de votre existence.

— Mais pourquoi ? interrogea la belle voix grave.

— Parce que je suis ruiné, mon amie, totalement ruiné; et comme je
ne sais aucun métier, que mon instruction est insuffisante pour me permettre de gagner ma vie, il ne me reste, pour sortir de cette situation, aucun
moyen... sauf un : me marier... avec une femme riche.

« Comprenez-vous ?... Être obligé de renoncer à vous... ne plus vous
voir, ne plus vous voir jamais !...

— Mais pourquoi ? interrogea la belle voix grave.

Elle entendait, mais ne voulait pas comprendre ce que lui disait Max.

Son calme extérieur et son visage impassible dissimulaient une véritable tempête intérieure. Aimait-elle réellement ce brave garçon qui éta-
lait si naïvement sa douleur devant elle ?... Peut-être... Elle n'était pas
sentimentale et ne s'était jamais posé cette question, mais elle comptait
sûrement l'épouser.

Elle avait assez de la misère, de la bohême, de la vie de hasard et d'hu-
miliation qu'elle menait. Elle avait soif de paix, de sécurité, de propreté morale et matérielle...

Max représentait tout cela pour elle... Il était le salut, il l'aimait... et
il allait en épouser une autre !...

Voir ainsi s'envoler tous ses espoirs, se briser tous ses rêves au moment où elle les croyait si près de se réaliser, quel écroulement !...

Le choc fut si violent que la jeune fille sentit la vie l'abandonner...
Mortellement pâle, elle laissa aller sa tête sur le dossier râpé de son fauteuil et ferma les yeux...

Quand elle les rouvrit, elle vit Max à genoux près d'elle, qui couvrait
ses mains de baisers et de larmes.

— Vous êtes malade ? Je vous ai fait mal ? disait-il. Mais il faut m'oublier Léa, et être courageuse. Vous êtes si jeune, si belle, vous trouverez
facilement un homme meilleur que moi, plus digne de vous et qui vous
rendra heureuse. Moi, si je me marie, je veux être loyal envers celle que
j'épouserai; elle est innocente, et je ne dois pas lui faire expier mes
folies...

« Voilà pourquoi je dois vous dire adieu aujourd'hui, ensevelir votre
souvenir dans mon cœur... et ne plus vous revoir... votre vue m'ôterait tout
courage.

— Alors, je n'entendrai plus jamais parler de vous ?

— Si, si, dit vivement Max en se relevant. J'aurai de vos nouvelles,
mon ami Rémy viendra en prendre. Il est si bon, si dévoué pour moi, ce
brave garçon ! Vous l'aimerez un peu en souvenir de moi, dites, Léa ?

Mlle Peyret eut un sourire ambigu en entendant le nom de Rémy Boisléger intervenir dans cette conversation. Elle le connaissait... peut-être davantage que ne le soupçonnait Max et évaluait le dévouement du personnage à sa juste valeur.

— Mais, enfin, continua-t-elle, répondant à ses propres pensées, quand
vous serez marié, vous serez toujours mon ami, vous pourriez venir me voir
de temps en temps.

— Non, non, s'écria le jeune homme avec une sorte d'épouvante, c'est impossible, aidez-moi plutôt à avoir du courage, en m'en donnant l'exemple. Et
maintenant, disons-nous adieu...

Ils étaient debout l'un en face de l'autre. Léa avait senti que la résolution du jeune homme était irrévocable. Fataliste, elle se soumettait... Mais
ses yeux avaient la couleur de la mer aux soirs d'orage et ses joues étaient
si pâles qu'aucune goutte de sang ne semblait plus circuler sous sa peau
délicate.

Toute droite dans sa robe de rêve, couronnée de sa royale chevelure, les
dents serrées, elle avait une expression si sauvage que Max fut épouvanté.

Rapidement, il se pencha, mit un baiser sur les cheveux d'or et s'en-
fuit, sans ajouter un mot, emportant gravé dans son cœur l'image de cette
petite divinité barbare au visage de furie.

V

La belle villa des Magnolias située dans le plus joli coin de Ville-d'Avray et appartenant à M. Auguste Praly, était toute révolutionnée. On fêtait, le soir, les dix-huit ans de Mlle Clotilde Praly, fille unique de la maison.

Mme Praly était encore à quarante ans, une fort jolie femme. Très coquette, très élégante, elle menait une vie mondaine un peu frivole, tout en étant une épouse irréprochable et une tendre mère.

Quand, un an plus tôt, elle avait dû reprendre définitivement sa fille qui venait de terminer ses études au couvent, elle s'était trouvée tout embarrassée d'avoir à conduire, à diriger cette jeune personne timide et silencieuse.

Heureusement, sous des dehors frivoles, Mme Praly avait un cœur excellent, et la douce Clotilde était si tendre, si gentille, si docile, que les deux femmes s'étaient vite entendues.

La maman ayant simplement pris le parti de ne rien changer à sa vie habituelle mais d'y associer sa fille, tout allait pour le mieux. Cette existence n'était peut-être pas tout à fait celle qui aurait convenu à la formation d'une petite âme fraîchement émoulue de son couvent... Mais Clotilde avait dix-huit ans... elle trouvait tout naturel d'être heureuse, fêtée, choyée... les graves problèmes ne l'inquiétaient guère : la douleur ne l'avait pas encore effleurée.

Ce jour-là, elle était donc toute joyeuse, très occupée à préparer ses atours pour le soir.

Soudain, elle abandonna son occupation, et courant à la chambre voisine, elle s'écria en ouvrant la porte :

— Dites-moi, maman, est-ce que M. Boisléger vient dîner ?

— Mais non, Clo, j'ai reçu un petit mot de lui ce matin, il viendra seulement à la soirée et il amènera son ami Max Duplan. Je n'en suis pas fâchée car nous manquons plutôt de cavaliers. C'est si compliqué de venir le soir dans la banlieue... Enfin, heureusement qu'il fait beau !

— Oh ! oui, c'est une chance ; mais quel malheur tout de même que M. Rémy n'ait pas pu s'arranger pour amener sa cousine Marie-Rose ! Elle aurait été si contente de venir ! Vous savez, maman, elle est tout à fait gentille et elle n'a pas une existence gaie, avec sa vieille grand'mère qui ne peut plus sortir du tout.

— Je sais, ma chérie. Aussi j'avais songé à demander à Mme de Prévillas de se charger de ton amie... Avec son auto, cela ne l'aurait pas beaucoup dérangée, mais malheureusement, elle n'a pas pu venir, puisqu'elle ne veut pas laisser Lucien seul en ce moment.

— Pauvre petit Lucien ! Il a bien mauvaise mine, en effet... Nous irons le voir un de ces jours, si vous voulez, maman. En même temps, nous irons prendre Marie-Rose en auto, cela la promènera

— Si tu veux, mon petit ! Mais maintenant, va voir si le jardinier a apporté les fleurs pour le salon. Tu viendras m'aider à les arranger.

Les Praly avaient invité à leur soirée une trentaine de personnes ; mais au dîner qui devait la précéder, il n'y avait que quelques intimes.

Mlle Clotilde, héroïne de la fête, présidait la table en face de son père, rayonnante et parée d'un joli collier de perles qu'elle venait de trouver sous sa serviette.

M. Praly était un homme de cinquante ans, à l'air distingué. Excessivement occupé par les affaires de son administration et la gestion d'une assez grosse fortune personnelle, il laissait à sa femme entièrement libre de la direction du ménage comme de l'éducation de leur enfant. Il était cependant tout heureux de retrouver maintenant chaque soir le minois de sa fille et d'entendre son babil.

Le dîner était fini. Vers neuf heures les invités commencèrent à arriver. Quelques-uns, des voisins de Ville-d'Avray, étaient à pied : il faisait si beau temps ! D'autres avaient pris l'omnibus qui fait le service de la gare ou étaient en automobile.

Parmi ceux-ci se trouvaient les Lethuel, que Marguerite Verdier accompagnait.

La jeune fille, coquette pour la première fois de sa vie, n'avait pas voulu confier la fraîcheur de sa toilette aux coussins douteux de l'Ouest-État. Elle avait donc pris une auto qui devait les conduire et les ramener, ce qui permettrait également de rester aussi tard qu'on le désirait.

— Oh ! ma grande amie, que vous êtes belle ! s'écria Clotilde en voyant entrer Mlle Verdier, pour qui elle éprouvait une admiration juvénile. C'est à désespérer d'avoir dix-huit ans... Vous éblouissez positivement.

— Voyez-vous, la flatteuse ! répondit Marguerite en riant, tout en parcourant des yeux le salon encore peu rempli : ceux qu'elle cherchait n'y étaient pas.

— Vous regardez si votre cousin est arrivé ? dit innocemment Clotilde en la conduisant à un fauteuil placé sous la tente à l'abri d'un beau palmier. Il n'est pas là, mais il ne va pas tarder, je pense. On va commencer à danser et il y a longtemps que je lui ai promis la première valse; j'aime beaucoup danser avec M. Rémy, il danse bien et il est si amusant !...

— Ah ! vous le voyez souvent, Clotilde ?

— Mais, oui, il vient jouer au tennis presque tous les dimanches. C'est un bon joueur et je suis devenue très forte.

— Oh ! je sais que Rémy a toutes sortes de talents de société, dit Marguerite, un peu froidement.

En même temps, elle leva les yeux et rougit légèrement. Dans l'embrasure de la baie vitrée qui séparait le salon de la tente, venait d'apparaître celui dont il était question, accompagné de son ami Max Duplan.

Ce dernier était fort pâle mais ses yeux brillaient d'un éclat singulier, tandis que ses gestes paraissaient un peu fébriles.

— Bonjour, mesdemoiselles ! s'écria gaiement Rémy Boisléger. Qu'est-ce que vous faites toutes deux dans ce petit coin ?... vous dites du mal de nous ?... à moins que ce ne soit par coquetterie que vous vous êtes installées ainsi l'une à côté de l'autre...

— Allons, Rémy, ne commencez pas déjà vos folies, interrompit Marguerite, il est trop tôt.

— Mes folies !... parce que je suis gai... Oh ! mon aimable cousine, que vous êtes sévère pour moi !... Puisque c'est comme ça, j'enlève Mlle Clotilde et je vous laisse Max... C'est un garçon très sérieux. Vous pourrez parler d'économie politique avec lui, il est très calé là-dessus.

Clotilde s'était levée et partit en riant au bras de son joyeux cavalier, tandis que Max prenait sa place.

— Comment allez-vous aujourd'hui ? mon cher ami, demanda gentiment Marguerite.

— Très mal et très bien.

— Vraiment...

— Oui, j'ai été très mal hier et aujourd'hui parce que j'ai trop réfléchi : cela me fatigue affreusement. Et je suis bien ce soir, parce que je suis à côté de vous et que votre présence seule me rend heureux.

— Mais, Max, en voilà un madrigal !... On croirait entendre Rémy.

— Rémy est un heureux mortel. Il est gai, élégant, sympathique. Regardez-le danser. On dirait un papillon. Je voudrais être à sa place.

— C'est ça, comme vous êtes aimable !... s'écria la jeune fille sans pouvoir s'empêcher de rire, tant Max avait une singulière figure. Vous êtes bien assortis, les deux amis : Jean qui grogne et Jean qui rit.

— Ah ! vous voyez bien, vous vous moquez de moi.

— Pas du tout, mais pourquoi êtes-vous si bizarre ce soir ? Vous n'avez pas de souci nouveau ?

— Non, merci, j'en ai assez d'anciens... Tiens, la jolie valse, voulez-vous danser avec moi ?

Heureuse d'échapper à cette conversation pénible, Marguerite accepta.

La valse terminée, Max reconduisit sa danseuse auprès de sa sœur, qui faisait tapisserie et ne paraissait pas trop satisfaite.

— Eh bien ! tu valses à présent ? s'écria Jeanne aigrement, toi qui ne devais pas danser soi-disant !

— Tu sais, souvent femme varie... Mais qu'as-tu fait de Félix ?

— Oh ! il est à une table de bridge, naturellement; il va encore trouver le moyen de perdre, selon son habitude... Je ne connais rien de si absurde que mon mari...

Quand Mme Lethuel commençait une litanie sur les méfaits de

époux, cela pouvait durer longtemps. Mais elle fut interrompue brusquement par Rémy Boisléger qui s'exclamait :

— Comment ! Marguerite, vous dansez ce soir, malgré tous vos serments ? Alors, accordez-moi cette valse, car je ne connais aucune danseuse qui vous soit comparable.

— Même pas Clotilde ? répondit malicieusement la jeune fille. Malheureusement, vous arrivez trop tard, mon cher, je suis fatiguée. Mais, tenez, emmenez donc Jeanne, elle ne demandera pas mieux que d'avoir un cavalier aussi distingué que vous.

Boisléger fit la grimace, il trouvait sa cousine Jeanne assommante et se souciait peu de lui être agréable. Cependant pris au piège il s'exécuta, non sans lancer un regard de rancune à Marguerite.

Celle-ci amusée riait toute seule de son bon tour, quand Max, se dressant devant elle, lui dit :

— Serait-il indiscret de vous demander les causes de votre gaieté ?

— C'est très indiscret, mais je vais vous répondre tout de même parce que c'est vous : je ris de la tête de votre cher ami, qui danse avec ma sœur, contraint et forcé et qui n'a pas l'air content.

— Vous n'êtes pas indulgente pour ce pauvre Rémy !... Il me semble que vous ne l'aimez guère, je ne sais pas pourquoi, car lui a pour vous la plus grande estime, il me répète toujours que vous êtes une femme remarquable.

— Oh ! vous savez, les compliments de mon cousin ne signifient rien, il en fait à toutes les femmes.

Tout en causant, les deux jeunes gens s'étaient levés puis dirigés vers le buffet.

Marguerite se sentait très altérée. La chaleur de ce soir d'automne, la griserie du bal, une légère fièvre intérieure faite d'émotion et d'anxiété la mettaient un peu hors d'elle-même.

Elle trouvait Max empressé mais bizarre, nerveux, comme déséquilibré, et elle ne savait quelle attitude prendre à son égard. Ce dont elle ne se doutait pas, c'est que le jeune homme, qui avait passé son après-midi au cercle et dîné avec Boisléger, avait un peu abusé des rafraîchissements et qu'il n'était pas tout à fait dans son état normal.

Mais c'était justement dans cette exaltation artificielle qu'il devait puiser le courage de brusquer un dénouement qui eût été difficile autrement.

Pendant que Marguerite buvait, le bouquet de roses blanches attaché à son corsage tomba. Max le ramassa, mais ne le rendit pas.

— Eh bien ! et mon bouquet ?

— Je ne veux pas vous le rendre.

— En voilà une prétention !

— Je veux que vous me le donniez.

— Qu'est-ce que c'est que cette lubie ?... Voulez-vous me rendre mes roses tout de suite... Max, c'est ridicule, je vais me fâcher.

— Non, non, ne vous fâchez pas, mais venez avec moi dans le jardin, nous serons plus tranquilles pour causer... je vais vous expliquer...

Marguerite enroula son écharpe autour de son cou et suivit son compagnon sans rien dire.

Quand ils furent dehors, dans les allées demi-obscures, malgré les lampes électriques, le jeune homme s'enhardit et murmura :

— Mademoiselle Marguerite, je ne veux pas vous rendre votre bouquet, je veux que vous me le donniez et je veux qu'en même temps vous mettiez votre main dans la mienne, en me disant que vous me la donnez aussi pour toujours. Si vous ne voulez pas, j'aime mieux mourir tout de suite.

« Je vous ai dit tout à l'heure que j'avais beaucoup réfléchi depuis deux jours. Voilà à quoi j'ai pensé sans discontinuer. Je suis seul au monde, ruiné... une épave ! Mais je suis jeune, pas méchant et, vous l'avez dit vous-même, peut-être encore capable de faire quelque chose de bon. Pour cela, il faut que je sois aimé... conseillé... soutenu. Vous, si bonne, si intelligente, si dévouée, voyez si vous avez le courage d'entreprendre ce sauvetage. Moi, je vous jure que je ferai tout ce que je pourrai pour vous rendre heureuse.

La jeune fille était abasourdie. Elle resta une minute sans voix.

— Vous me repoussez, Marguerite, dit tristement Max, vous me repoussez et me méprisez ?

— Non, mon pauvre ami, mais vous ne pensez pas à ce que vous dites? C'est une idée qui vous a traversé la cervelle, ce n'est pas sérieux.

— Vous vous trompez, c'est très sérieux, je ne veux plus songer à vivre sans vous, j'ai besoin de vous, de votre affection, comme de l'air que je respire.

— Mais vous ne savez donc pas mon âge ?

— Je sais que vous êtes la plus belle et la meilleure des femmes, je n'ai pas besoin de savoir autre chose.

Marguerite fit quelques pas avec agitation, son cœur battait, le sang lui bourdonnait aux oreilles. Enfin, elle parvint à se ressaisir et dit assez fermement :

— Max, je ne nierai pas que j'ai une grande affection pour vous, ce serait indigne de moi. Mais le mariage est une chose grave qui engage toute la vie, je ne peux pas me lier par une promesse enlevée par surprise. Venez demain chez moi à cinq heures, nous pourrons envisager les choses avec plus de calme, après avoir réfléchi.

« Maintenant, conduisez-moi auprès de ma sœur, je crains qu'on n'ait que trop remarqué mon absence.

Quand les jeunes gens rentrèrent au salon, Marguerite fut brusquement accostée par Mme Lethuel qui l'entraîna dans un coin et commença sur un ton aigu une remontrance bien sentie :

— Tu n'as pas honte de te conduire comme ça ? Une fille de ton âge ? Voilà une heure que tu as disparu avec ce Max Duplan... qui ne t'a pas quittée de la soirée !... Félix en est outré.

— Assez, Jeanne ! Pour l'amour de Dieu, tais-toi ! Tu ne vas pas me faire une scène ici, n'est-ce pas ? A mon âge, comme tu le dis, je sais ce que je fais. Quant à Félix, il peut garder son opinion pour lui, elle m'importe peu... On sert le souper, viens, nous partirons aussitôt après, dis à ton mari de faire prévenir notre chauffeur.

Une heure après, en effet, Marguerite montait en auto après avoir embrassé Clotilde et salué Mme Praly, mais sans avoir reparlé à Max.

Félix Lethuel, impressionné par l'attitude décidée et glaciale de sa belle-sœur, garda ses réflexions pour lui et n'ouvrit même pas la bouche jusqu'à l'arrivée.

Marguerite Verdier naturellement ne ferma pas les yeux cette nuit-là. Les heures passèrent lentement pour elle, pendant que son esprit tournait et retournait des problèmes angoissants.

« J'aime Max, se disait-elle, mais est-il raisonnable de l'épouser ?... J'aime Max ; mais, lui, m'aime-t-il vraiment ?... J'ai six ans de plus que lui... Dans dix ans, je serai une vieille femme et lui sera encore un jeune homme.

« Jusqu'ici, il a été un garçon léger, frivole. Ne souffrirons-nous pas de divergences morales et intellectuelles complètes, irrémédiables ?

« Max est ruiné et il ne t'épousera que pour ton argent, disait la froide raison.

« Mais, je l'aime, répondait le cœur palpitant. Je l'aime et il est seul, malheureux, abandonné !... Il a besoin de moi, il l'a dit. »

Oui, Max l'avait dit et il n'avait même dit que cela. Les mots de ferveur et d'amour qu'il avait prononcés le matin même en arrosant de ses larmes les mains glacées de Léa Peyret, il ne les avait pas répétés, le soir, à celle dont il désirait faire sa femme...

Inconsciemment, la jeune fille subissait l'impression de cette restriction mentale et le doute angoissant paralysait son élan.

Mais elle était de cette race de femmes profondément aimantes, chez lesquelles rien ne peut plus détruire ni amoindrir l'affection, du jour où elles l'ont donnée.

Généralement, un lendemain de bal est un jour maussade. On a peu dormi, on a mal à la tête et mal au cœur. On a eu des contrariétés, comme toutes les fois qu'on se mêle à ses semblables, et on a mal aux nerfs...

La famille Lethuel n'échappait pas à cette règle. Monsieur se montrait plus agressif que jamais et madame était fort agacée...

Toute la matinée, un vent de tempête avait soufflé dans l'appartement. Marguerite, réfugiée dans sa chambre, avait entendu successivement son beau-frère vociférer contre sa femme et sa sœur glapir contre ses domestiques et ses enfants.

Le repas de midi, cependant, s'était passé en partie dans un calme relatif. On servait le café, quand tout à coup Félix Lethuel remarqua aigrement :

— Mon Dieu, Marguerite, vous n'êtes pas bavarde, ce matin, et vous en avez une mine !..

— C'est vrai, renchérit Jeanne, le bal ne te réussit pas, ma chère, et puis, tu es restée si longtemps dehors ! tu as peut-être pris froid.

Marguerite fronça les sourcils, et répondit cependant avec calme :

— Mais non, Jeanne, rassure-toi, je n'ai pas pris froid ; seulement, je

Elle était très occupée à préparer ses atours (p. 15).

n'ai guère dormi, et tu sais, moi, quand je n'ai pas mon compte de sommeil je suis perdue.

— Tu vas encore faire un somme après déjeuner, je parie !

— Non, j'attends la visite de Max Duplan... A propos, dis donc à Marie de ranger un peu le salon.

La foudre tombant dans sa tasse à café n'aurait pas davantage suffoqué Félix Lethuel.

— Max Duplan !... articula-t-il. Et peut-on savoir ce que vous avez l'intention de faire de cet individu, Marguerite ?

— Mais Félix, je prétends d'abord faire ce que je veux... puis recevoir chez moi — elle appuya sur ce mot — mes amis quand cela me convient.

— Vos amis !... Depuis quand ce godelureau est-il votre ami ? Je serais curieux de vous l'entendre dire.

— Vous savez, Félix, que je n'admets pas que vous me parliez sur ce ton...

La jeune fille n'avait pas l'intention de parler aussitôt à ses parents. Elle n'avait du reste pas encore absolument décidé ce qu'elle devait répondre à Max. Mais l'attitude de son beau-frère la mit hors d'elle-même et, pour lui fermer la bouche, elle lança, sans réfléchir davantage :

— Max Duplan a demandé ma main hier. Ce soir, il vient chercher ma réponse définitive. Demain il sera mon fiancé.

— C'est sérieux ? interrogea Félix assommé. Mais, ma pauvre enfant, vous ne savez donc pas ce que c'est que ce garçon ? Il a fait les quatre cents coups... C'est un joueur, un débauché, un écervelé... et il a dix ans de moins que vous... Pour un mariage honorable, voilà un mariage honorable.

« Il est plus malin qu'il n'en a l'air, il a bien manœuvré... Mais il vous a donc fait perdre la tête pour que vous ne soyez pas capable de voir qu'il n'en veut qu'à votre argent ?... Allons, bon, voilà ma femme qui pleure à présent ! ça nous manquait !

— Tout le monde en veut à mon argent, Félix, dit tristement la jeune fille, qui avait écouté, le cœur serré, ce violent réquisitoire, et vous le premier ! Ce n'est pas pour moi-même que vous tenez à me garder auprès de vous, car vous ne m'aimez pas, mais bien pour ma stupide fortune. Alors, même si tout ce que vous me dites est vrai, qu'est-ce que je perdrai au change en épousant Max ?

— Ce que vous perdrez ?... Mais votre fortune elle-même, parbleu ! Ah ! il aura tôt fait, le beau jeune homme ! il connaît la manière ! Encore heureux s'il ne fait que cela ! On m'a parlé d'une histoire de mine où il s'est fourré avec votre cousin Boisléger et qui ne me paraît pas très limpide.

— Dites tout de suite que Max est un voleur !

— Pas encore, tiens !... S'il a votre fortune en perspective, ça lui permettra d'attendre, mais rien ne m'étonnera de ce garçon-là.

— Vous êtes réellement trop méchant, mon pauvre Félix, votre colère vous aveugle et vous fait dépasser la mesure. Cette conversation a assez duré je pense... Je verrai Max ce soir et ensuite je vous ferai part de ma résolution définitive. Quelle qu'elle soit, en tout cas, je vous engage à changer d'attitude, si vous ne voulez pas que nous nous séparions.

« Allons, Jeanne, sèche tes pleurs, je ne sais pas pourquoi tu te plonges dans un pareil désespoir. Tu n'avais par l'intention de m'empêcher de me marier toute ma vie, n'est-ce pas ?

Marguerite savait par expérience combien les larmes de sa sœur étaient une manifestation anodine et éphémère ; elle l'embrassa, cependant, affectueusement et, laissant les deux époux en face l'un de l'autre, elle s'en fut chez elle.

Elle était violemment émue ; les paroles de son beau-frère bourdonnaient dans sa tête comme le font ces mouches odieuses et tenaces qui s'acharnent sur votre visage et dont on ne peut se débarrasser.

Marguerite, qui sentait sa migraine grandir et l'énervement la gagner, se dit que, si elle restait une heure de plus dans ce pénible tête-à-tête avec ses pensées, elle n'aurait plus aucune force ni aucun sang-froid pour affronter son entretien avec Max.

« Allons, pensa-t-elle, une bonne promenade, une visite à Mlle Varlet... j'irai beaucoup mieux ensuite. »

Vingt-cinq minutes plus tard elle frappait à la porte de son ancienne institutrice.

Celle-ci l'embrassa avec effusion.

Du premier coup d'œil, la vieille demoiselle avait vu que son enfant chérie était en proie à un trouble anormal. Cependant, elle fit mine de ne s'apercevoir de rien et parla de choses indifférentes, attendant que les confidences vinssent d'elles-mêmes.

— Eh bien, my dear, dit-elle en s'asseyant sur une petite chaise à côté de sa visiteuse, vous êtes-vous bien amusée hier soir ? Il me semble que, par ce beau temps, cette fête devait être fort jolie. Votre robe était-elle réussie ? Etiez-vous belle ? Racontez-moi tout cela ?

— Oh ! chère Mademoiselle, c'était ravissant ! s'écria Marguerite, évitant de répondre à la première question qui lui avait été posée, et j'étais tellement belle que Clotilde Praly m'a déclaré en dessécher de jalousie !... Elle, l'héroïne de la fête !... Elle a une gentille petite nature, cette enfant ! elle s'amusait de tout son cœur.

— Vous m'avez parlé quelquefois de cette jeune fille, Marguerite ; il me semble qu'elle est bien jeune pour mener impunément l'existence si mondaine de sa mère. Pourvu qu'elle ne perde pas trop vite ses bonnes qualités ! Mais, puisqu'elle est votre amie, tâchez donc de lui faire un peu de bien. Vous devriez l'amener à notre pouponnière. Vous savez, j'ai toujours de l'ouvrage à donner.

— Ah ! certes, j'en sais quelque chose ! Je vous rapporte vos vingt-quatre chemises, elles sont finies, mais elles m'ont bien ennuyée !... Mais, vous avez raison, je parlerai de votre idée à Clotilde, je suis sûre qu'elle acceptera avec plaisir.

— Allons, tant mieux ! Une nouvelle ouvrière ne sera pas de trop, car j'en ai perdu deux bonnes cet été : les demoiselles Merville, deux sœurs charmantes, qui se sont mariées en même temps le mois dernier.

Marguerite, à ces mots, poussa un soupir, baissa les yeux et rougit

— Eh bien, mignonne, qu'est-ce que signifie cet air mélancolique ?

— Bonne amie, que diriez-vous si, moi aussi, je me mariais ?

— Vous !... Oh ! je serais bien contente, car j'avoue que la vie que vous menez n'est pas du tout celle que j'avais rêvée pour vous. Je prie le bon Dieu tous les jours pour qu'il vous envoie un bon mari, digne de vous... et une ribambelle de petits enfants... Vous feriez une si charmante maman, ma chérie !... Alors, vraiment, il est question de quelque chose ? Oh ! la cachottière qui ne m'a rien dit !...

— Je ne pouvais rien vous dire, je n'en savais rien moi-même.

— Allons donc ! Vous épousez quelqu'un que je connais, je pense ?

— Oui, vous le connaissez depuis longtemps... mais, surtout, par ouï-dire, car vous avez davantage fréquenté sa famille que lui-même.

— Enfin, qui est-ce ? Marguerite.

— Max Duplan.

— Max Duplan ! répéta la vieille demoiselle perplexe ; ah ! j'y suis !... le fils de Mme de Prévillac !... Mais, ma petite, il est tout jeune, il me semble.

Marguerite éclata en sanglots.

— Ah ! mon Dieu, mon Dieu ! gémit la pauvre Amélie Varlet atterrée, voyons, qu'est-ce qu'il y a ?... Je n'ai pourtant rien dit qui puisse vous faire du chagrin ?

— Oh ! non, ce n'est pas votre faute !... Vous ne pouviez pas savoir... Vous avez dit, vous aussi, « Il est tout jeune ». Je le sais bien, hélas ! Tout le monde me le répète... ça ne m'empêche pas de l'aimer !...

— Vous l'aimez, mon enfant ! Alors, c'est sérieux. Mais, comme je suis sûre que ma petite Marguerite n'a pu faire un choix indigne d'elle, pourquoi ces larmes ?

— C'est nerveux, cela a été plus fort que moi.

Et, tout d'un trait, elle dit les incidents des jours précédents, son affection pour Max, la demande formelle qu'il lui avait faite la veille, enfin ses hésitations en face de la décision qu'elle devait prendre le jour même.

Après deux heures de conversation, Marguerite quitta Mlle Varlet, calmée et rassérénée.

Elle était décidée à épouser Max, mais, selon le conseil prudent de sa vieille amie, elle comptait lui imposer des fiançailles un peu prolongées, qui leur permettraient à l'un comme à l'autre de se mieux connaître avant de se lier pour la vie.

Il était près de cinq heures quand Marguerite Verdier rentra chez elle.

Vite, elle remit de l'ordre dans sa toilette, puis longuement contempla toute sa personne dans le miroir.

« Est-ce que je parais avoir mon âge ? se demanda-t-elle avec angoisse.

Envolées, les hésitations !... Évanouis, les raisonnements !... Elle n'était plus qu'une pauvre femme, qui n'avait qu'une crainte : ne pas plaire assez à celui qu'elle aimait.

Un bref coup de sonnette la fit tressaillir ; et ce fut le cœur battant qu'elle pénétra une minute plus tard dans le salon où l'attendait Max, les bras chargés d'une énorme botte de roses blanches.

— Voulez-vous me permettre, mademoiselle, dit-il d'offrir ces fleurs à « mon amie », puisqu'elle a eu la bonté de s'intéresser à mes malheurs ? J'espère qu'elle voudra bien encore intercéder pour moi.

La jeune fille prit le bouquet, en respira le parfum, et répondit :

— Je suis votre amie, Max, c'est vrai ; ce qui le prouve, c'est que je suis prête à faire tout au monde pour vous rendre heureux... Mais vous... vous... êtes-vous bien sûr de m'aimer ?... Vous savez, la bonne volonté d'un seul ne suffit pas à créer du bonheur.

— Je ferai tout ce que je pourrai pour vous rendre heureuse, je le jure. Dites oui seulement. Pourquoi me faire languir ainsi ? C'est de la cruauté.

— Non, Max, c'est de la prudence. J'hésite, je l'avoue : tout cela est si soudain !... J'ai si peur que vous vous repentiez plus tard de m'avoir épousée. Alors, ce serait affreux.

Le jeune homme rougit ; il avait un peu honte de lui-même devant tant de simplicité et de modestie. C'était pour lui qu'elle craignait les regrets !... Pour elle-même, rien ne l'effrayait, hormis la crainte de n'être plus aimée.

Max, qui était loin d'être insensible, se sentit gagné par l'émotion de son interlocutrice ; cette émotion était si réelle, si visible, qu'on pouvait en suivre tous les effets sur le beau visage bouleversé de la jeune fille.

— Ma chère Marguerite, dit-il plus affectueusement qu'il ne l'avait encore fait, si la crainte que vous venez d'exprimer est la seule chose qui vous arrête, tout est pour le mieux ! Vous pouvez m'accepter pour mari ; je jure bien que ce n'est pas moi qui le regretterai.

« Vous êtes une femme exquise, délicieuse ; chaque fois que je vous revois, vous m'enchantez par quelque perfection nouvelle ; c'est-moi, au contraire, qui suis indigne d'un pareil trésor. Mais je ne suis pas un pauvre honteux. Si vous voulez me le donner, ce trésor, je l'accepterai, vous pouvez en être sûre.

— Eh bien, puisque c'est ainsi, je vous le donne. Voici ma main. Prenez-la et gardez-la pour toujours.

Max resta une seconde étourdi. Il avait violemment désiré cette solution, il s'était attaché à cette espérance comme à une planche de salut... Maintenant qu'il touchait au but, il était stupéfait de la facilité avec laquelle il y était parvenu.

Cependant, il se ressaisit vite et, baisant la jolie main fine qui lui était offerte, il s'écria :

— Dites-moi maintenant, ma belle fiancée, quand nous nous marierons.. Dans quinze jours ?...

— Oh ! Mais pas tout de suite. Il faut nous voir un peu, nous mieux connaître. Je pensais que nous attendrions le printemps...

— Jamais de la vie, par exemple ! Naturellement, vous qui êtes la perfection même, vous ne pouvez que gagner à être mieux connue... Mais, moi, j'ai tout à y perdre. Il faut me prendre tout de suite, pendant que vous êtes encore aveuglée sur mon compte.

Marguerite se mit à rire.

— Mais quand nous serons mariés, dit-elle, je verrai vos défauts et alors il ne sera plus temps.

— Alors, vraiment, vous n'avez pas assez de quinze jours pour faire vos préparatifs ? Eh bien, je vous donne trois semaines. Je suis gentil.

— Max, c'est impossible, il y aura tant de choses à faire, pensez donc !

— Je ne veux penser à rien ce soir, nous parlerons de ces détails un autre jour. Vous allez annoncer nos fiançailles à votre famille ?

— Oh ! la nouvelle ne surprendra personne.

— Moi, j'irai voir ma mère demain et je la prierai de venir elle-même vous demander d'être sa fille.

— Non, non, Max, je sais que Mme de Prévillac ne veut pas quitter son fils en ce moment, c'est à moi de me déranger. J'irai voir votre mère quand vous voudrez, mon ami.

— Lucien va mieux, cependant ; mais je vous remercie de vouloir bien faire cette démarche, je suis sûr que maman en sera très touchée... A quelle heure voulez-vous que je vienne demain ?

— Comme aujourd'hui, si cela vous convient.

— Oui, c'est parfait, car j'ai rendez-vous avec Boisléger après le déjeuner Vous me permettez d'annoncer la nouvelle à mon ami ?

— Si vous voulez.

— J'espère aussi, Marguerite, que vous apprendrez à mieux connaître Rémy. C'est mon plus cher camarade, presque un frère. Cela me ferait beaucoup de chagrin de ne pas vous voir d'accord.

— Mais je ne déteste pas mon cousin autant que vous vous plaisez à le dire, Max. Et, pour vous plaire, je ferai tout ce que je pourrai pour être aimable avec lui.

Les deux jeunes gens s'étaient levés. Marguerite reconduisit son fiancé jusqu'à la porte, où celui-ci la quitta, après lui avoir tendrement baisé les mains.

M. et Mme Lethuel étaient rentrés tous deux depuis un instant, mais ayant appris que Max Duplan était encore au salon, ils n'avaient pas jugé à propos de se montrer.

Félix Lethuel connaissait mieux que personne la volonté tenace et l'indépendance de caractère que dissimulaient le calme et l'aménité de sa belle-sœur. Il savait qu'aucune observation de sa part, aucun conseil ne seraient écoutés. Il était donc résigné à ronger son frein en silence. Il tenait à ne pas se brouiller avec la jeune fille, se doutant que lui et les siens auraient peut-être besoin, un jour, d'avoir recours à elle.

Ce fut par conséquent d'assez bonne grâce qu'il aborda Marguerite, que sa femme avait déjà rejointe au salon.

— Tu sais, c'est décidé, lui cria Jeanne en le voyant entrer.

— C'est vrai ?

— Oui, Félix, Max et moi, nous sommes fiancés, nous nous marierons probablement le mois prochain.

— C'est bien ; puisque votre décision est prise, je n'ai plus rien à dire, mais je tiens à vous répéter que l'observation que je me suis permis de faire ce matin était dictée par le désir de vous préserver d'un danger. D'après ce que je sais sur M. Max Duplan, il ne me paraissait pas être un parti sûr pour vous. Voilà ce que j'ai voulu dire et c'était mon devoir de vous avertir. Si, plus tard, vous aviez à vous repentir de cette union, vous seriez en droit de me reprocher mon silence.

— Vous avez raison, Félix, j'ai été un peu vive ce matin. Mais, que voulez-vous ? j'aime Max de tout mon cœur, j'espère le rendre heureux et son bonheur fera le mien. Il n'a pas de fortune, mais je ne peux pas le regretter, car c'est une trop grande satisfaction pour moi de lui apporter, en même temps que ma tendresse, la tranquillité et le bien-être matériels.

Lethuel fit un peu la grimace : la pilule était amère, mais il ne laissa pas voir sa contrariété et répondit :

— Enfin, Marguerite, cela vous regarde, vous êtes prévenue et majeure ; agissez à votre guise. Il me reste cependant un conseil à vous donner : vous allez, je pense, vous faire faire un contrat dotal ?

— Comment cela ? J'avoue que je n'ai pas encore pensé à ces choses-là.

— C'est possible, mais c'est mon rôle d'y penser pour vous. En ceci, je suis tout à fait désintéressé. Je parle dans votre intérêt et surtout dans celui des enfants qui peuvent venir. Vous devez vous marier avec un contrat dotal qui mettra votre mari dans l'impossibilité de dilapider votre fortune.

— Mais ce serait une marque de défiance envers Max. Je ne veux pas lui faire cet affront.

— Alors, c'est de la simple folie, ma pauvre enfant. Je ne veux pas dire du mal de votre fiancé, mais enfin il a mangé sa propre fortune en si peu de temps qu'on peut être inquiet sur le sort de la vôtre.

Marguerite était perplexe. Elle sentait que son beau-frère ne lui donnait en ce moment qu'un conseil sage et prudent ; la raison lui ordonnait de l'écouter. Oui, mais si cela offensait Max ?... Cette crainte l'emporta immédiatement sur toute autre ; et la confiante fiancée déclara fermement :

— Décidément, Félix, je ne veux pas vous écouter. Vous avez raison sûrement et je vous remercie de vous intéresser si gentiment à mon sort ; mais voyez-vous, je mets l'affection de mon mari au-dessus de tout autre bien. Je veux avoir confiance en lui, comme j'exigerai qu'il ait confiance en moi. Je lui confie ma vie, mon bonheur ; je peux bien lui confier mon argent.

« Si je me trompe, s'il est indigne, eh bien, tant pis ! je serai tellement malheureuse, que les pertes matérielles ne m'atteindront plus.

« Voulez-vous être assez bon, mon ami, pour me rendre un service en dépit de mon mauvais caractère ; c'est de vous occuper d'avoir les papiers qui me sont nécessaires et de les remettre à mon notaire, Me Capron, pour qu'il me prépare un contrat comportant la communauté de biens sans aucune restriction.

VII

Rémy Boisléger, garçon intelligent, instruit, issu d'une excellente famille qui lui avait donné une bonne éducation, était doué d'une sécheresse de cœur absolue qui avait annihilé tous les dons que le destin lui avait prodigués.

Il avait ainsi perdu toute espèce de sens moral et l'unique objectif de toutes ses actions était sa satisfaction personnelle.

Appliquant à toutes choses la théorie du moindre effort pour la plus grande jouissance, il s'était interdit de se livrer à un travail sérieux quelconque. Il préférait vivre au jour le jour d'expédients... en attendant les escroqueries... car la pente est fatale.

Camarade de collège de Max Duplan, Rémy avait toujours trouvé moyen de dissimuler le vrai fond de sa nature à son crédule ami et avait su lui inspirer une profonde affection.

Cette camaraderie avait été pour beaucoup dans la ruine de Max qui s'était trouvé entraîné dans le monde que fréquentait son ami, ce dernier jugeant commode d'être l'inséparable d'un « copain » à la bourse bien garnie, à la main large, au cœur généreux.

Un an environ avant les événements que nous venons de raconter, Rémy Boisléger avait été mis en relations avec un de ces « hommes d'affaires » (comme il y en a tant à Paris) qui ont toujours à vous proposer une combinaison merveilleuse grâce à laquelle vous devez devenir riche en quelques mois.

Cet homme d'affaires se nommait M. Samuel Lehmann. Il lançait justement à ce moment-là une mine d'argent dans les Pyrénées. Les bénéfices de cette mine n'existaient encore que sur le papier... mais les espérances étaient magnifiques.

Boisléger, qui sentait ses dettes augmenter en proportion de son horreur pour le travail et qui se doutait que l'aide de Max allait bientôt lui faire tout à fait défaut, s'enflamma à l'idée de gagner tout d'un coup une fortune et se lança tête baissée dans cette aventure.

Il s'associa donc à Lehmann, amena son ami, comme bailleur de fonds — il lui restait encore quelques billets de mille —, et se fit nommer lui-même administrateur délégué par un Conseil d'administration composé d'hommes de paille.

On répandit à profusion des prospectus, on fit dans les journaux des annonces alléchantes pour chercher des actionnaires... D'assez nombreux souscripteurs apportèrent aussitôt de l'argent avec enthousiasme.

Donc, ayant des fonds, on acheta des terrains, on dépêcha là-bas un ingénieur qui fit des sondages et M. l'administrateur délégué accabla le comité et les actionnaires de rapports mirifiques... Puis, les choses en restèrent là.

« C'est pourtant une affaire merveilleuse, répétait Boisléger. On a découvert des filons d'une grande richesse ; le jour où l'exploitation commencera ce sera la fortune pour les actionnaires... Encore un peu de patience... Encore un petit effort !... »

Malheureusement, M. le délégué s'embourbait de plus en plus dans sa comptabilité et trouvait difficilement une justification de l'emploi des fonds qui lui étaient confiés... La dernière assemblée des actionnaires avait été quelque peu orageuse... Que serait la prochaine ?...

Le jeune homme en était à ce tournant redoutable et réfléchissait péniblement à la meilleure façon pour lui de sortir de ce mauvais pas... en laissant la responsabilité à d'autres.

« Si je pouvais espérer tirer encore quelque chose de Max !... bougonnait-il à demi-voix en arpentant une vaste pièce située au second étage d'une vieille maison de la rue Saint-Marc, qui représentait le siège social de la Société des Mines de L... Mais il n'y aura plus rien à faire de ce garçon quand il sera marié... l'argent de sa femme est sacré, comme il dit, l'animal... et puis, Marguerite a l'œil et elle se méfiera de moi... Enfin, j'ai encore un peu de répit avant la prochaine réunion... j'ai le temps de voir venir le grain. »

— J'avoue que je n'avais pas idée de cela. Je me figurais que cette enfant avait douze ans.

— Dix-huit, mon cher, dix-huit. C'est le bon âge pour devenir une femme souple et docile... Tu verras, toi, si tu mènes Marguerite.

— Mais je n'ai pas du tout l'intention de la mener. D'ailleurs, j'avoue humblement qu'elle est beaucoup plus raisonnable que moi... Mais, voyons, toi, que comptes-tu faire ?

— Je n'en sais rien, je te dis. J'ai fait la cour à la petite tout l'été, elle n'y a pas été insensible. Mais je n'ose me hasarder à une démarche positive, car M. Praly n'a pas l'air trop bien disposé à mon égard.

— Ils sont riches, ces gens-là ?

— Très riches, murmura Rémy. Mme Praly a apporté une grosse fortune à son mari qu'elle a épousé par amour. Ils n'ont qu'une fille, ils lui donneront une belle dot. De plus, M. Praly a des tas de relations, il pourrait facilement caser son gendre quelque part... Mais, voilà, il faudrait d'abord devenir son gendre...

« J'espérais, continua-t-il en frappant rageusement sur les registres placés sur la table, que cette stupide affaire allait nous donner des bénéfices et nous mettre dans une bonne situation... Pas du tout...

— C'est vrai, au fait, tu m'avais convoqué pour me parler de ça et nous voilà bien loin de la mine.

— Oh ! je voulais seulement te faire signer quelques pièces, qui me sont nécessaires pour terminer mes comptes. Il faut que tout soit en règle pour le prochain conseil. Tiens, mets-toi là et signe.

Max s'assit avec résignation et parcourut machinalement les paperasses étalées sous ses yeux.

— Tiens ! Tiens ! s'écria-t-il, je reconnais avoir touché ?... Mais je n'ai rien touché du tout... Au contraire...

— Signe donc, voyons, interrompit Boisléger avec impatience, c'est pour la forme. Nous avons acheté des terrains, il a fallu les payer, n'est-ce pas ? Que l'argent ait passé par tes mains ou par les miennes, qu'est-ce que cela fait ?... J'en indique l'emploi dans mon rapport, veux-tu le lire ?

— Ah ! non, par exemple, je n'y comprends rien... Tiens, je signe et arrange-toi... Tout de même, si cette sale mine me rendait les vingt-cinq mille francs que j'ai fourrés là-dedans, ça me ferait bien plaisir. C'est gênant de ne pas avoir le sou... surtout en ce moment où je suis entraîné à tant de dépenses.

— Bah ! tu paieras tout plus tard.

— Oui, mais cela me répugne de faire encore des dettes qu'il faudra régler ensuite avec l'argent de Marguerite.

— Ta mère va bien te faire un petit cadeau de noce, je suppose ?

— Hum ! c'est fort douteux... Ah ! diable, il est déjà quatre heures et demie, je m'en vais... Il faut que je sois à cinq heures place Saint-Michel... Tu n'as plus rien à me dire, Rémy ?

— Non, file, né fais pas attendre ta princesse. Par exemple, si vous parlez des Praly chez les Lethuel, tâche de souffler à Marguerite de ne pas dire du mal de moi dans la maison, elle a l'air au mieux avec ces dames.

— Sois tranquille, Marguerite m'a promis d'être très gentille pour toi. Donc, ne crains rien. Au revoir, vieux camarade !

Resté seul, Boisléger rangea soigneusement dans son portefeuille les papiers signés par l'imprudent Max. Puis, allant à la fenêtre, il regarda son ami s'éloigner.

« Quel bon garçon ! soupira-t-il, et quel dommage !... »

VIII

— Alors, il va pleuvoir toute la journée ! s'écria avec dépit Lucien de Prévillac, ce n'est tout de même pas de chance, Mademoiselle Marguerite, pour la première fois que vous venez ici. J'aurais tant aimé à vous montrer le jardin et à vous offrir un beau bouquet.

— Cela ne fait rien, mon petit ami, répondit Marguerite, qui tenait tendrement dans ses mains celles du pauvre infirme. Aujourd'hui, je suis

paroles et pour l'intention qui les inspirait; Il n'ignorait pas, en effet, que le baron était peu enclin aux longs discours, surtout devant sa femme, et il lui savait gré de son effort d'amabilité.

Au reste, il fallait reconnaître, à sa louange, que M. de Prévillac s'était toujours montré bienveillant pour le jeune homme. D'une nature calme, joviale et indifférente, il supportait philosophiquement le caractère de son épouse, mais il la jugeait avec assez de clairvoyance. Plus d'une fois, il avait atténué, dans la mesure du possible et quand cela ne le dérangeait pas trop, les rigueurs de la baronne envers Max, pour qui il avait une réelle affection.

Car, par un phénomène singulier, toute la famille de Prévillac avait de tout temps voué à Max Duplan une affection profonde... affection qui dégénérait, chez l'être nerveux et sensible qu'était Lucien, en une véritable passion fraternelle. Sa mère, qui était terriblement jalouse, en souffrait même cruellement.

La baronne fut donc vivement froissée, ce jour-là, par l'accueil enthousiaste dont Marguerite fut l'objet de la part de son enfant chéri. L'amabilité de son mari à l'égard de Mlle Verdier acheva de l'aigrir et elle résolut de se montrer aussi désagréable que possible.

— Où avez-vous l'intention de vous installer ? interrogea le maître de maison, pas trop loin d'ici, j'espère ?

— Nous irons où Marguerite voudra, répondit Max. Il est, cependant, question de nous loger dans la banlieue pour l'été prochain, tout au moins. Quand j'aurai trouvé une situation, nous rentrerons peut-être pendant l'hiver à Paris.

— Comment ! s'écria la baronne, tu as l'intention de travailler ? C'est prodigieux... Mademoiselle Verdier, vous m'avez changé mon fils.

— Mais puisque c'est en bien, madame, il ne faut pas m'en vouloir; il faut espérer même que mon influence sera toujours aussi salutaire.

— Hum !... Vous savez, avant la noce, les hommes ont de très belles résolutions. Après, c'est autre chose...

— Allons, ma chère amie, ne dites pas de mal du mariage devant des fiancés, observa le baron en riant. Ecoutez, Max, puisque vous avez l'idée de vous établir dans notre région, je connais une jolie villa qui ferait très bien votre affaire : quelque chose de pas trop grand, tout neuf, très gentiment arrangé et qu'on vendrait sûrement pour peu de chose.

— Qu'est-ce que c'est donc ?

— La villa des Berson, à Marly.

— Comment ! Ils veulent vendre ?

— Mais oui ; vous ne savez donc pas qu'ils divorcent ? La maison appartient à madame et elle veut s'en défaire au plus tôt.

— Qu'est-ce que vous me racontez-là ? Les Berson divorcent ? Et pourquoi ? Ils avaient l'air très heureux, ces gens-là...

— Ah ! toi, Max, tu ne t'aperçois jamais de rien, insinua aigrement Mme de Prévillac. Il était visible, au contraire, que ce ménage depuis longtemps allait fort mal. Claire Berson a dix ans de plus que son mari ; maintenant, elle est vieillie, souvent malade. Lui s'en est lassé. Ses affaires marchant bien, il a planté là sa femme... pour en épouser une plus jeune, probablement. Aussi on n'a pas idée de se marier dans ces conditions : c'est une folie que l'on paie tôt ou tard.

Marguerite rougit violemment et baissa les yeux sans cependant trouver un seul mot à répondre à ce discours, prononcé évidemment dans le but de la blesser. Elle surprit, cependant, à la dérobée, le regard courroucé que Max lança à sa mère, et cela ne contribua pas à diminuer son embarras.

— Oh ! mon Dieu, continua innocemment le baron, Mme Berson n'était pas une mauvaise femme, elle a beaucoup aidé son mari au début de leur union, quand la situation n'était pas brillante. Moi, je trouve que Berson agit indignement en l'abandonnant maintenant.

L'excellent homme parlait dans la simplicité de son cœur, sans songer une minute que cette conversation pût être désobligeante pour Marguerite. Il trouvait Mlle Verdier jeune, jolie, charmante et il estimait que son beau-fils avait une rude chance. Aussi, comme aucun rapprochement ne pouvait se faire dans son esprit entre cette belle personne et Mme Berson, la petite méchanceté de sa femme lui avait complètement échappé.

Marguerite, douloureusement affectée, ne trouvait rien à dire et s'était assise à côté de Lucien, en faisant un grand effort sur elle-même pour retenir ses larmes.

Max était furieux, naturellement. Craignant de ne pouvoir se contenir plus longtemps, il jugea prudent de fuir.

— Ma chère amie, dit-il tout à coup à sa fiancée, je crois qu'il est temps de songer à notre train. Il ne faut pas rentrer trop tard : par cette humidité, vous pourriez prendre froid. Mon père, aurez-vous la bonté de nous faire conduire à la gare, nous avons un train dans vingt-cinq minutes

— Mais, mes enfants, je vais vous faire reconduire jusqu'à Paris. Le retour en chemin de fer est une vraie corvée par un temps pareil. Je ne veux pas que votre fiancée s'enrhume, Max, et emporte un mauvais souvenir de sa première visite au Buisson.

— Papa, papa ! je voudrais bien donner un bouquet à mademoiselle, implora Lucien, elle m'a dit qu'elle aimait tant les fleurs. Dans l'auto, cela ne l'embarrassera pas. J'ai vu hier des glaïeuls superbes dans la serre, ils ne sont pas mouillés ceux-là, on peut les cueillir.

— C'est une bonne idée, mon fils Je vais commander le bouquet moi-même.

Marguerite avait remis son manteau, ses gants et s'apprêtait à quitter, le cœur bien gros, cette maison où elle était arrivée si joyeuse, trois heures auparavant. Elle s'approcha du pauvre infirme et, plongeant dans les yeux magnifiques de son nouvel ami ses yeux embués de larmes, elle murmura tout bas d'une voix émue :

— Adieu, mon petit Lucien, vous ne m'oublierez pas, dites ?... Même si je ne revenais pas ?...

L'enfant la regarda tendrement et, lui tendant les bras, lui dit en l'embrassant :

— Non, ma grande sœur, je ne vous oublierai pas. Mais vous reviendrez bientôt, parce que je vous aime et que je serais trop malheureux si je ne vous voyais plus.

Mme de Prévillac contemplait de loin ces effusions avec des yeux durs et la bouche pincée. Elle allait certainement proférer quelque réflexion désagréable quand le baron reparut. Il tenait dans ses bras une énorme botte de glaïeuls blancs, roses, pourprés, tachetés, mouchetés, qu'il remit à sa future belle-fille en lui baisant galamment la main.

Marguerite le remercia chaleureusement. Après quoi, s'approchant de la baronne, sans trouver la force d'articuler de mensongères paroles de gratitude, elle s'inclina et murmura simplement :

— Au revoir, madame !

Puis elle sortit du salon, traversa le vaste hall et monta dans l'automobile, suivie de Max renfrogné et silencieux.

La voiture roulait déjà depuis une demi-heure, et, ayant dépassé Vaucresson puis Garches, descendait maintenant à fond de train la grande côte de Suresnes que les deux jeunes gens n'avaient pas encore dit un mot.

Tous deux, ils pensaient à la même chose, mais avec des sentiments différents.

Marguerite entendait sans cesse résonner à ses oreilles les paroles cruelles qu'on avait lancées à son adresse. Elle aussi serait vieille bientôt, malade peut-être... et Max se lasserait d'elle, l'abandonnerait... Oh ! elle avait été folle de consentir à ce mariage... Enfin, il était encore temps de se reprendre !...

Un brusque cahot la tira de ses pensées. L'automobile était arrêtée devant la porte de Suresnes, et un employé d'octroi, tout en demandant le compte de l'essence, plongeait un regard curieux dans la voiture. Après avoir entendu la déclaration du chauffeur et reçu des voyageurs l'assurance qu'ils n'avaient rien à déclarer, l'homme rentra dans sa cahute et le véhicule reprit sa course à travers le bois de Boulogne.

— Marguerite, dit tout à coup Max en prenant la main de sa fiancée qu'avez-vous ? Pourquoi êtes-vous silencieuse depuis si longtemps ?

— Mais il me semble que vous n'êtes pas trop bavard non plus, mon ami ?

— Oh ! moi, c'est parce que je suis en colère et que, dans ce cas-là, il est préférable que je me taise, car je dirais des sottises.

— Vous êtes en colère contre moi ? interrogea la jeune fille.

— Contre vous ?... Grands dieux ! il ne manquerait plus que ça. Non, non, je vous admire au contraire chaque jour davantage. En toutes circonstances, je vous trouve parfaite... à un tel point que je suis humilié de mon indignité et que j'ai des scrupules...

— Quelle idée, Max !... Moi qui pensais, au contraire, que vous alliez faire une irréparable folie en m'épousant !...

— Qu'est-ce que vous dites ?... Que c'est moi qui fais une folie ?...

— Mais oui, c'est cela que je pense. Vous êtes si jeune, Max, tellement plus jeune que moi... car les femmes vieillissent beaucoup plus vite que les hommes... Dans dix ans, vous regretterez de m'avoir épousée, vous aimerez une femme plus jeune... comme votre ami Berson... Alors, alors il vaut mieux que nous nous séparions maintenant... Il est encore temps, n'est-ce pas ?... Oh ! Max, cher Max !...

La pauvre Marguerite, incapable de se contenir plus longtemps, éclata en sanglots.

— C'est cela, s'écria le jeune homme avec emportement, vous voulez m'abandonner !... Pour quelques paroles perfides, vous me retirez votre affection, votre confiance !... Je m'en doutais, je n'aurais pas dû vous conduire là-bas... Ah ! vous avez vite compris ce qu'on voulait vous faire entendre, c'est-à-dire qu'il n'y avait rien de bon à attendre de moi. Et c'est ma mère, ma propre mère...

— Calmez-vous, calmez-vous, mon ami, supplia la jeune fille, épouvantée de cette violence et s'efforçant de reprendre elle-même un peu de sang-froid.

— Me calmer ! Comment donc faire ? N'y a-t-il pas de quoi être outré, voyons ?

— Mais cher, ce n'est pas de vous dont je doute, c'est de moi. J'ai peur de ne pas vous rendre heureux, de vous être bientôt à charge en raison de notre différence d'âge. J'ai tremblé dès le premier jour où je vous ai aimé, et aujourd'hui, en écoutant la triste histoire de cette pauvre femme, mes craintes sont revenues...

— Allons donc, Marguerite, quelle folie !... Est-ce que les deux situations sont comparables ? Mme Berson a toujours été laide, d'abord, bête... Tandis que vous... Voyez, mon beau-père n'a pas eu cette idée de dissimuler les deux cas, sans quoi il n'aurait pas dit un mot de tout cela, le pauvre homme ! Il a fallu toute la malice de ma mère...

— Max, ne dites pas de mal de votre mère, elle souffre, je l'ai vu...

— Et vous, âme généreuse, vous lui pardonnez ce qu'elle vous a fait...

— Elle ne m'a rien fait. Elle a raconté une histoire vraie.

— Ma douce fiancée, vous êtes un ange, murmura le jeune homme réellement ému, en se penchant et en baisant tendrement les belles mains tremblantes qu'il tenait dans les siennes.

— Maintenant, continua-t-il, vous allez rétracter toutes les absurdités que vous venez de me débiter et me promettre d'oublier les incidents malheureux de cette journée. Allons, rétractez, promettez...

— C'est donc vrai, balbutia-t-elle, vous... m'aimez ?... vous... jeune... moi ?...

— Si j'y tiens ! Quelle question !... Ah ! nous arrivons... Je ne veux pas vous accompagner maintenant chez votre sœur, je suis encore trop ému... et pourtant je voudrais vous revoir ce soir, m'assurer que vous êtes devenue raisonnable. Je reviendrai à neuf heures. Vous voulez bien ?

— Il faut bien que je veuille. Vous faites de moi tout ce qui vous plaît. A ce soir, vrai ?

— A ce soir, pauvre victime !

Ils se quittèrent en souriant. Les nuages étaient dissipés, et Marguerite remercia, monta lentement l'escalier en cachant son visage brûlant dans les trois pétales de son bouquet.

Max arriva place Saint-Michel à neuf heures et trouva installée dans le salon sa fiancée qui l'attendait.

Elle avait quitté son costume tailleur et revêtu une coquette robe en soie souple à forme droite, comme elle les affectionnait, qui lui donnait visiblement la même apparence que la toilette qu'elle portait dès ce matin ?...

Cette analogie frappa le jeune homme et lui rappela violemment cette journée qu'il essayait pourtant d'oublier.

La jolie robe de soie lui en rappelait, en effet, une autre... A la place de Marguerite, il revit dans un éclair la chère petite fantôme vêtu d'une robe collée d'un... deux grands yeux bleus qui le regardaient avec un air de reproche...

Il ferma les paupières, ébloui, et s'assit en poussant un léger soupir.

— Que la vie est donc difficile, mon Dieu !...

— Max, vous êtes souffrant ? questionna tout à coup une voix douce légèrement anxieuse.

Le son de cette voix avait une infinie séduction. Le charme opéra aussitôt et la pernicieuse vision s'évanouit.

Le jeune homme qui s'était ressaisi répondit :

— Oui, Marguerite, je suis las : cette journée a été rude. Moi, la colère et les émotions me brisent. Je n'ai pas votre énergie et votre calme. C'est merveilleux, vous êtes fraîche comme une rose, ce soir.

— Comme une rose d'automne, ajouta la jeune fille avec mélancolie. Mais je ne suis pas toujours aussi courageuse que cela, Max. Seulement, je vais vous expliquer... Tout ce qui touche aux choses du cœur m'atteint profondément. Ainsi un chagrin qui me viendrait de vous me mettrait en révolution, m'affolerait, tandis que les petites contrariétés de la vie me laissent au contraire très calme.

— Alors, belle dame, si j'étais méchant pour vous, cela vous ferait beaucoup de peine ?

— Une peine si grande, si profonde, que j'aimerais mieux renoncer à vous tout de suite plutôt que de m'y exposer.

— Eh bien, puisqu'il en est ainsi, je jure de n'être jamais méchant pour vous... Là, je le jure. Allons, maintenant, parlons sérieusement : quand nous marions-nous ?

— Mais à la fin du mois prochain, nous l'avons dit.

— Comment ! la fin ?... Ça fait cinq semaines, ça... non, c'est trop. Le quinze au plus tard.

— Allons, mettons le vingt, c'est un mardi, ce sera très bien.

— Soit ! Va pour le vingt. Nous partons le soir pour le Midi et l'Italie. Nous revenons au printemps, pour nous installer chez nous. Excellent programme, n'est-ce pas ? Ah ! j'y pense, vous êtes-vous occupée de vos papiers ?

— Félix se charge de tout cela.

— Fort bien. Et le susdit Félix a-t-il pensé au contrat ? Il faut que je le voie, ce papier... Ah ! vous savez, je deviens un homme sérieux, un vrai chef de famille.

— Je l'ai ici, ce projet, murmura timidement Marguerite, voulez-vous que je vous le montre ?

— Oui, ce sera fait, nous n'y penserons plus.

La jeune fille disparut et revint au bout d'un instant, tenant à la main le fameux papier qu'elle tendit en tremblant un peu à son fiancé. Celui-ci le déplia et se mit à le parcourir tranquillement.

— Mais qu'est-ce que c'est que cela ? dit-il tout à coup, ce n'est pas du tout un projet de contrat dotal.

— Non, c'est vrai... Je n'ai pas voulu, Max, faire faire un contrat dotal.

— Pourquoi ? C'était convenu.

— Oh ! peu importe, allez, mon cher Max ! Tout ce qui est à moi sera à vous. Vous gérerez nos affaires pour le mieux, j'ai absolument confiance en vous. Puisque je vous confie ma vie, mon bonheur, je peux bien vous confier mon argent. Acceptez-le...

— Ma chère, ma chère Marguerite, murmura le jeune homme attendri par tant de confiance et de tendresse, je ne trouve pas de mots pour vous exprimer ma gratitude, je ne pourrai vous la prouver que par mes actes. Vous verrez que vous n'avez pas eu tort de croire en moi. C'est déjà bien assez de recevoir de vous tant de choses. Non, gardez votre argent. J'ai fort mal géré mes affaires et je ne suis pas qualifié pour prendre la responsabilité d'une fortune qui ne m'appartient pas.

— Mais si, mais si. Cette fortune vous appartiendra comme à moi.

— Non, non, ce n'est pas la même chose, je veux que votre capital soit à l'abri de tout aléa, de toute surprise. On ne sait jamais ce qui peut arriver. Voici votre projet, Marguerite, rendez-le au notaire et priez-le de le refaire dans le sens que je vous ai indiqué.

La jeune fille reprit docilement le papier, mais en poussant un gros soupir. Elle renonçait avec peine à son généreux projet.

— Vraiment je vous fais du chagrin, mon amie ? questionna Max.

— Oui, j'aurais tant voulu...

— Je sais, vous auriez voulu me donner cette preuve d'estime, en dépit de tous les conseils contraires et des sages avertissements qu'on vous a prodiguée. Mais, dans le cas présent, vos parents ont raison et je pense comme eux.

— Bien, bien, n'en parlons plus, je ferai ce que vous désirez. Ah ! je voulais encore vous demander autre chose. Vous savez que ma sœur Jeanne est dans une situation peu brillante. L'aide que je lui apportais va bien lui manquer. Si vous y consentez, je pourrais continuer à payer la pension de mes neveux, que j'aime beaucoup et qui sont une grande charge pour leurs parents.

— Mais, ma chère amie, vous ferez tout ce que vous voudrez. Il est tout naturel que vous aidiez votre sœur, vous n'avez pas besoin de me demander mon assentiment pour cela.

— J'aimais mieux vous en parler d'avance. Je ferai ainsi la promesse en toute sécurité.

X

Six semaines après les événements que nous venons de raconter Max et Marguerite étaient mariés. Dès le soir de leur noce, ils partirent pour l'Italie.

Ils voyagèrent cinq mois. Marguerite Verdier avait acheté la charmante villa « Bon Abri » que l'ex Mme Bosson possédait à Marly.

La jeune femme revint, heureuse de revivre chez elle, d'autant plus qu'une promesse de maternité lui rendait plus grande la joie du retour.

« Pourvu que Max s'y plaise ! » songeait-elle.

Depuis cinq mois, cette pensée : plaire à Max, était le mobile de toutes ses actions.

Très modeste, vraiment ignorante de sa supériorité et de sa beauté, elle se figurait sincèrement qu'en raison de son âge, c'était à elle de faire toutes les avances et toutes les concessions.

Max se laissait aimer. Pour l'instant, cela suffisait à la jeune femme. Mais elle comptait que ses efforts ne seraient pas vains et que la bonne petite existence qu'elle voulait faire à ce mari chéri le rendrait plus gai, plus ouvert, plus tendre...

Max, de son côté, était toujours tiraillé entre mille sentiments complexes, qui l'empêchaient de jouir du bonheur qu'il avait sous la main. Persuadé qu'il ne pouvait pas aimer sa femme, vers qui il était cependant de plus en plus attiré, il était toujours hésitant, gêné, maladroit.

Ce fut dans ces dispositions, peu favorables à une bonne entente, que nos jeunes gens débutèrent dans la vie conjugale.

Trois jours après leur arrivée, Rémy Boisléger débarquait à Marly dans la matinée et sonnait vigoureusement à la porte de « Bon Abri ».

Max, qui finissait à peine sa toilette, sortit de sa chambre précipitamment en entendant la voix de son ami qui parlementait avec la femme du jardinier.

— Cher vieux camarade ! s'écria-t-il, quel bonheur de te voir. C'est gentil d'être venu tout de suite. Cinq mois qu'on ne s'est pas vu ! C'est un bail ! Mais comment sais-tu que nous sommes ici ?

— D'abord, ta dernière lettre m'avait fait prévoir votre retour. Ensuite, j'ai rencontré hier ton beau-père qui m'a annoncé que vous étiez installés... Alors, j'ai pensé que je pouvais venir. Ta femme ne va pas se choquer de mon sans-gêne ?

— Mais non. Quelle idée ! Marguerite ne se choque pas comme ça. Elle n'est pas susceptible, c'est vraiment une bonne fille.

— Tant mieux, mon ami, tant mieux !... Donc, ça va, le ménage ?

— Oui, oui, très bien, répondit laconiquement Max Duplan.

— Tu es heureux ?

— Très heureux.

— J'en suis bien aise pour toi, murmura Rémy. Alors, tu as oublié sagement le passé ?... Il est inutile, par conséquent, que je te donne des nouvelles de tes anciens amis.

Max baissa la tête, fronça les sourcils et balbutia :

— Ce sont de bonnes nouvelles ?

— Tiens, tu devines de qui je veux parler ?... Non, ce sont de mauvaises nouvelles.

— Comment ! mauvaises ?... Léa ?... Parle donc, voyons ! Tu me fais bouillir.

— Bouillir ?... Quel feu pour un homme marié, sérieux, rassis !...

— Rémy, ne plaisante pas, c'est odieux. Je respecte et j'aime ma femme. Mais je ne crois pas lui faire injure en m'inquiétant de ce qui a pu arriver à ma pauvre petite amie... Raconte...

— Eh bien, le père Peyret est mort.

— Mort !... Il y a longtemps ?

— Deux mois. Naturellement, il a laissé sa fille dans un dénuement complet, sans un sou, sans un parent, sans un ami... Moi, tu sais, je ne suis pas riche, je n'ai pas pu faire grand'chose pour elle. Je vais la voir de temps en temps, nous parlons de toi...

— Pauvre... pauvre petite ! murmura Max tristement. Mais, que fait-elle ? Où est-elle ? De quoi vit-elle ?

— Elle a vendu les quelques bibelots qu'elle possédait, puis elle s'est installée dans une petite chambre meublée. Elle chante le soir dans une sorte de music-hall.

— Léa !... chanteuse de café-concert !... Elle, si fine, si délicate !... C'est affreux. Rémy, tu n'aurais pas dû me dire cela. Voilà ma vie empoisonnée. Et que faire ?... que faire ?...

— Allons, ne t'affole pas. Je t'assure que Léa a l'air de prendre assez bien sa nouvelle existence. Seulement, je crois que tu lui ferais un grand plaisir en allant la voir.

— Aller la voir ! Es-tu fou ? Jamais... Je me le suis juré, je tiendrai ma parole. N'ai-je pas tort de vouloir m'occuper d'elle, même de loin ? Vois comme je suis ému ! Son souvenir me hante toujours. Enfin, en ce moment, son malheur est mon excuse... Je vais te donner un peu d'argent, que tu lui feras accepter comme tu pourras, sans dire qu'il vient de moi. Tu veux bien ?...

— Oui, je ferai ce que tu désires... Puis-je présenter mes hommages à ta femme avant de m'en aller ?

— Mais certainement. Je pense qu'elle est prête. Je monte chercher mon portemonnaie, je la préviendrai en même temps que tu es ici.

Au bout d'une minute, Max revint accompagné de Marguerite qui tendit gracieusement la main à son cousin.

— Soyez le bienvenu, mon cher Rémy. Vous êtes le premier visiteur pénétrant sous notre toit; vous allez être aussi notre premier hôte. Vous restez déjeuner avec nous, c'est entendu ?

— Vous êtes bien aimable, Marguerite, mais je craindrais d'abuser...

— Non, non, reste donc, insista Max. Tu ne vas pas te faire prier, j'espère ? J'ai justement besoin à Paris cet après-midi, nous partirons ensemble.

— Soit ! j'accepte.

Le déjeuner se passa sans anicroche, en dépit de l'air préoccupé du maître de la maison. Jusque-là, Marguerite avait eu fort peu de sympathie pour Rémy Boisléger ; mais il était le meilleur ami de son mari, elle devait l'accueillir sans arrière-pensée. Elle fut donc gracieuse et aimable, comme elle savait l'être.

Rémy, de son côté, tenait à se faire bien voir. Aussi, déploya-t-il toutes ses grâces. En sorte que, ce jour-là, contrairement à ce qui se produisait généralement, il n'y eut pas, entre les deux cousins, un mot discordant.

Aussitôt après le repas, les jeunes gens se dirigèrent vers la gare, et Marguerite resta seule au logis. Le cœur un peu serré, elle regarda s'éloigner son mari : Max, tout en marchant, s'entretenait vivement avec son compagnon.

« Comme il est content de partir, pensa la jeune femme... Allons, pas de sottise, je ne vais pas me mettre à être stupidement jalouse pour si peu ! Du reste, je n'ai que faire de rêvasser, je ne manque pas d'ouvrage. »

Ayant pris cette sage résolution, Mme Duplan s'empressa de l'exécuter. Elle se plongea dans de gigantesques travaux : rangements de placards, organisation de penderies, placement et déplacement de meubles... Et lorsque Max rentra, le soir, il trouva sa femme toute rose, tout ébouriffée, éreintée, mais enchantée de sa journée.

Le jeune homme éprouvait également un sentiment de satisfaction. S'étant arraché aux instances de Rémy, qui voulait l'entraîner à un dîner de

Malheureusement, Max ne put pas être toujours aussi sage; peu à peu, il se fit à la charge et peu à peu il... il sortit de plus en plus souvent et... quand il avait passé la soirée à Paris... car à Marly en pleine nuit était une vraie corvée.

La jeune femme souffrait réellement de cet état de choses, mais très... elle souffrait en silence, sans oser se plaindre ni... une explication qui cependant...

la gravité de la situation, car je l'ai rencontré hier au cercle et il ne m'a rien dit.

— Les parents s'illusionnent toujours au sujet de leurs enfants, ils ne voient pas la vérité. Mais, moi, je suis sûre que le pauvre petit est perdu.

— Tu te frappes, Marguerite, tu te frappes ! s'écria Max ému tout de même par l'émotion de sa femme. Tu es fatiguée, nerveuse, et cela te fait voir tout en noir.

— Non, je sais ce que je dis. J'en ai vu assez de ces malheureux enfants, quand j'allais au dispensaire avec Mlle Varlet ! Crois-moi, Lucien a le regard de ceux qui vont mourir.

— Ce n'est pas possible, voyons... mon pauvre petit frère !... articula péniblement le jeune homme en se cachant le visage dans ses mains.

XI

Puis, après un silence
Au bout de trois jours, Max reprenait de plus belle ses habitudes de vagabondage.

La jeune femme se trouva donc seule de nouveau; seule dans la chère petite maison qui devait abriter son bonheur, seule avec son chagrin et ses déceptions.

Toute vaillante qu'elle était, la pauvre enfant commençait à se décourager. Max était si bizarre !...

Tout ce qu'on lui avait dit avant son mariage sur le compte de son fiancé lui revenait obstinément à la mémoire. Tout cela serait-il donc vrai ?... Max ne l'avait-il donc épousée que pour son argent ?

Non, non, elle ne pouvait pas encore admettre ça, c'eût été trop horrible. Max l'aimait, il était bon, honnête, affectueux. Seulement, il était comme un enfant, il ne savait pas résister aux tentations et se laissait aller à s'amuser, comme s'il eût été encore libre.

Tout cela, c'était la faute de Rémy. C'était lui qui détachait Max de sa femme et de son foyer, lui qui l'avait entraîné dans une affaire louche dont la marche lamentable leur causait tant de soucis, lui qui le poussait à faire un tas de dépenses inutiles...

Enfin, malgré tous ces écarts, il ne fallait pas encore désespérer. Lorsque le cher petit bébé attendu serait au monde, tout irait beaucoup mieux. Sa présence retiendrait le père au logis, et la jeune maman, redevenue vive et bien portante, serait une compagne plus agréable pour son mari.

Après avoir versé quelques larmes d'attendrissement sur son propre compte, Marguerite se remit courageusement à la confection de ravissantes broderies destinées à la layette de l'héritier tant désiré.

Vers le soir un violent orage éclata et la pluie se mit à tomber par torrents.

— Oh ! mon Dieu, s'écria tout à coup Marguerite d'un air consterné, Max doit justement descendre du train en ce moment et il n'a pas pris son caoutchouc : il va se faire tremper... Préparons-lui toujours des vêtements de rechange... Où est son pyjama ? Bon, il est mouillé aussi celui-là. Qu'a-t-il pu faire ce matin ? Ah ! quel être désordonné que mon cher mari ! Allons, je vais envoyer sécher tout ça à la cuisine. C'est encore heureux que j'aie pensé à m'en occuper.

Tout en monologuant, l'attentive ménagère inspectait le pyjama dans tous les sens... Un papier tomba soudain de la poche intérieure. Marguerite le prit et machinalement le parcourut des yeux. C'était une lettre de Rémy à Max — lettre datant de quelques jours.

Voici ce qu'elle contenait :

« Mon vieux, je t'écris à la hâte un mot pour te parler de Léa. La pauvre petite a de grands ennuis, elle n'a pas payé sa chambre depuis deux mois, car elle a été malade et n'a rien gagné pendant quelque temps. On parle de l'expulser de son domicile en gardant ses vêtements en gage...

Qu'est-ce qui l'attend ? La rue... Je ne peux rien pour elle, hélas ! tu connais ma propre situation.

« J'ai pensé à toi, en me disant que tu m'en voudrais peut-être de ne pas t'avoir prévenu... Vois ce que tu peux faire et hâte-toi. Il y a urgence.

« Bien à toi.

« REMY. »

La jeune femme atterrée s'assit ou plutôt s'écroula sur un fauteuil, les jambes coupées.

« Que signifiait cette lettre ?... Léa... Qu'était cette Léa ?... Une femme pour qui Boisléger demandait de l'argent à Max... »

Brusquement, un rapprochement se fit dans son esprit. La lettre datait de huit jours, et justement, sept ou huit jours auparavant, Max lui avait emprunté deux cents francs sur l'argent destiné à la maison, sous le prétexte de régler une dette de jeu.

C'était un mensonge... Cette somme était pour Mlle Léa.

Max lui avait menti... Max lui mentait...

Dans son désarroi cette pensée lancinante dominait toutes les autres : Max lui mentait... Et depuis quand ?... Depuis toujours, parbleu !... Quelle horrible désillusion !... Quelle amertume !...

Marguerite resta à la même place, hébétée, accablée.

Tout à coup, la voix de Max, éclatant en tempête dans le vestibule, la tira de sa torpeur.

— Mon veston, mes pantoufles ! vociférait le jeune homme d'un ton aigre. On ne pouvait donc pas préparer tout ça d'avance ? On ne pense à rien ici. Vous voyez bien que je suis trempé.

Marguerite fit un violent effort sur elle-même, cacha précipitamment le malencontreux papier dans son corsage et remit à la femme de chambre les objets réclamés par Max.

Mais quand celui-ci entra dans la chambre de sa femme, il fut frappé de son visage bouleversé, complètement décoloré.

— Qu'est-ce que tu as encore ? s'écria-t-il avec impatience. En voilà une mine ! Tu as fait sans doute des imprudences ?

— Je n'ai rien, Max, répondit doucement la jeune femme. L'orage m'a seulement un peu énervée. Je vais me coucher, ce sera passé demain.

A partir de ce jour, Marguerite s'enferma dans un silence fier et dans une froideur digne, dont elle ne se départit plus.

Elle remplissait scrupuleusement tous ses devoirs, elle restait affable et d'une parfaite égalité d'humeur. Mais elle n'eut plus pour son mari les câlineries et les tendresses, qui font pourtant la douceur de la vie à deux.

XII

L'exploitation des mines de L... n'avait pas encore donné — on s'en doute — les brillants résultats que le prospectus faisait prévoir comme tout proches. Aussi, la réunion des actionnaires que Rémy Boisléger avait été contraint de convoquer au siège social, rue Saint-Marc, fut-elle extrêmement orageuse.

Boisléger avait déjà compris que l'aventure se gâtait, et, préparé aux plus fâcheuses éventualités, il avait pris ses mesures en conséquence.

La réunion des actionnaires s'était terminée à onze heures.

A midi trente-cinq, M. Boisléger montait, à la gare du Nord, dans le train de Bruxelles.

En prenant ainsi la fuite, Rémy laissait le malheureux Max seul aux prises avec les pires difficultés. Cette pensée ne l'arrêta pas.

« Bah ! sa femme paiera ! se dit-il, en manière d'excuse, et tout s'arrangera... »

Le soir même, sur la plainte d'un actionnaire, le parquet perquisitionnait dans les bureaux des mines de L...

La comptabilité était extrêmement vague — aussi vague que la mine.

Naturellement, quand le commissaire aux délégations judiciaires, chargé d'arrêter Boisléger, se présenta au domicile dudit Boisléger, il trouva l'oiseau envolé.

Max avait passé chez son ami une heure avant la visite judiciaire. S'il y était venu après, il aurait été informé par la concierge de ce qui s'était passé et cela lui aurait peut-être inspiré des craintes sur son propre sort.

Mais, tout en restant dans l'ignorance, le jeune homme n'était pas sans inquiétude.

En effet, l'attitude des actionnaires à l'assemblée du matin l'avait plus éclairé en une heure sur la situation de la mine et les responsabilités qu'il avait assumées dans l'affaire — sans s'en douter — que toutes les explications dont Rémy l'avait gratifié depuis un an.

Aussi bien, c'était pour avoir des éclaircissements complémentaires qu'il s'était mis immédiatement à la recherche de Boisléger.

Peine perdue, recherche inutile. Rémy était introuvable. On ne l'avait vu ni chez lui, ni au cercle, ni au café.

Enervé, éreinté, de plus en plus inquiet, Max dîna seul au restaurant où Rémy prenait d'ordinaire ses repas, et où, bien entendu, il ne parut pas ce soir-là.

A force de se creuser la tête, le jeune homme eut une inspiration.

— Je parie, se dit-il, que l'animal a tout simplement dîné avec Léa et passe tranquillement sa soirée au café-concert... Si j'allais m'en assurer...

Sans réfléchir davantage, Max sauta dans un taxi et se fit conduire aux Piés-Poissonnière. Il était neuf heures et demie quand il arriva.

Après avoir fait le tour de la salle, en cherchant des yeux son ami, il choisit une place assez en vue, s'assit, commanda une consommation et regarda la scène.

Soudain des applaudissements éclatèrent... Max leva la tête... Miss Peyret entrait en scène.

La jeune femme donnait l'impression d'une de ces poupées anglaises, caricatures singulières des bébés britanniques à la silhouette si amusante.

C'était donc bien Léa, cette femme fardée, effrontée, qui, de sa belle voix grave, lançait sur cette estrade des couplets équivoques.

La chanteuse avait, d'ailleurs, un vif succès, ce qui ne semblait ni l'embarrasser ni lui déplaire.

Max sentit une brûlante rougeur lui monter au front.

« C'était donc là celle qu'il avait tant aimée... celle qu'il croyait ne pouvoir jamais chasser de son cœur... celle dont le souvenir lui avait fait méconnaître et délaisser sa femme !... Quelle folie !...

« Non, non, il n'aimait pas miss Peyret... Il avait aimé une Léa, créée par son imagination... mais celle-là était morte... Il était donc libre... libre !

« Et il aimait sa femme, sa douce et tendre et sage Marguerite, son épouse chérie, au cœur pur, au dévouement inlassable, qui était sienne pour toujours, qui lui avait tout donné, sa fortune, son amour, sa vie... et qui allait être la mère de son enfant.

« Quel misérable fou il avait été ! Mais avec quelle joie il serait maintenant raisonnable !... Vite, vite, il allait se jeter aux pieds de sa bien-aimée pour se confesser, lui ouvrir son cœur, lui demander pardon... »

Le pauvre garçon croyait sortir d'un cauchemar, il éprouvait un véritable sentiment de délivrance et... ne pensait plus qu'à Marguerite.

Mais le « numéro » était fini et la chanteuse, en se retirant, répondait par un gracieux sourire aux applaudissements de ses admirateurs.

Max absorbé par son idée s'était levé machinalement : il n'entendait plus rien. Mais, au moment de partir, son regard croisa celui de Léa. Celle-ci le reconnut et lui fit un petit signe amical.

Brusquement rappelé à la réalité, le jeune homme hésita.

« Bah ! se dit-il, elle m'a vu, je ne peux pas m'en aller sans lui parler. Pourquoi la chagriner ?... Et puis, il me faut des nouvelles de Rémy. »

Cinq minutes plus tard, Max Duplan était introduit dans la loge de l'artiste.

— Max, est-ce bien vous ? s'écria Léa sans émotion apparente. En voilà une surprise !... Pourquoi n'êtes-vous jamais revenu me voir ? Moi qui étais si bien convaincue que vous étiez mon ami !...

— Mais je le suis, ma chère Léa, et je ne vous oublie pas. Mais, vous le savez peut-être, je suis resté longtemps absent.

— Oui, oui, je sais. Boisléger m'a dit ça. Un chic voyage de noce, hein ? Et avec une femme épatante, paraît-il... Vous en êtes un veinard !

— Certainement, répondit le jeune homme choqué de cette désinvolture. Mais vous-même, mon amie, vous paraissez satisfaite de votre situation.

— Heu ! il y a de bons moments... il y en a aussi de mauvais. Pour l'instant, je me tire d'affaire.

— Ah ! dit simplement Max étonné, car ceci cadrait mal avec les rapports de Boisléger.

Et après une seconde de silence :

— Croyez bien, ma chère amie, ajouta-t-il, que je me réjouis très sincèrement que vous soyez satisfaite... Mais vous avez sans doute besoin d'aller vous reposer, je ne veux pas vous retarder... J'étais venu seulement vous demander si vous aviez vu aujourd'hui notre ami Rémy.

— Boisléger ?... Mais il y a une éternité que je n'ai pas eu de ses nouvelles. Oh ! ce n'est pas une perte, il est toujours dans une de ces purées... Du reste, vous devez en savoir quelque chose : il doit vous « taper » souvent...

— Mais non, mais non, balbutia le pauvre garçon abasourdi de la tournure imprévue que prenait l'entretien. Je croyais au contraire que Rémy vous voyait souvent... vous...

Il n'osa pas ajouter : « Vous apportait de l'argent », car un affreux soupçon le torturait depuis une minute, le désorientant complètement.

La jeune femme devinant peut-être la raison de son embarras, le regarda longuement et une lueur d'attendrissement passa dans ses beaux yeux sombres.

— Mon cher Max, reprit-elle avec douceur, comme vous avez été bon et secourable pour moi autrefois ! Je ne vous en ai pas assez remercié. Je ne me rendais pas compte de ce que vous valiez. Maintenant, je connais mieux la vie et je vous rends justice dans mon cœur. Je ne retrouverai jamais un autre Max sur ma route.

— Merci de ces bonnes paroles ! Moi aussi, Léa, je vous aimais bien.

— Je le sais. Aussi, je voudrais vous dire quelque chose aujourd'hui, avant que nous nous séparions pour toujours... Oui, oui, pour toujours, affirma Léa sur un signe de protestation de Max, nos existences sont trop différentes. il est inutile que nous continuions à nous voir... Donc, mon ami, je voulais vous dire ceci : « Oubliez-moi... Si jusqu'ici vous avez gardé le souvenir de votre petite amie d'autrefois, à partir de ce soir, il faut le chasser de votre cœur.

« Vous êtes marié, vous avez une femme charmante, soyez heureux. Vous avez fait pour moi tout ce que vous pouviez. Merci. Désormais, vous ne pouvez plus rien. Pensez que je suis morte.

« Permettez-moi maintenant de vous donner un conseil : Méfiez-vous de Boisléger. Cet homme a une vilaine âme, que vous ne soupçonnez pas, vous si loyal, si confiant. Rémy ne peut que vous donner de mauvais exemples. Méfiez-vous, méfiez-vous...

« A présent, allez-vous-en, Max. Je dois reparaître en scène dans une minute. Adieu, mon ami ! »

Le jeune homme incapable de prononcer un mot se laissa mettre à la porte sans résistance.

Le lendemain matin, Max procédait à sa toilette lorsqu'il entendit le bruit d'une discussion entre la femme de chambre et deux inconnus qui se tenaient dans le vestibule. Il intervint :

— Que désirez-vous, messieurs ?..

— M. Max Duplan ?

— C'est moi !

— Fort bien, je vous arrête.

— Vous m'arrêtez, moi ?...

— Oui, voici le mandat d'amener. Je pense que vous nous suivrez sans opposer de résistance, cela vaudra mieux pour tout le monde.

— Arrêter monsieur ! s'écria la femme de chambre avec horreur, mais madame qui est déjà si souffrante va en mourir.

Ces paroles rappelèrent Max au sentiment de ses responsabilités. Il devait prévenir sa femme aussi doucement que possible, en lui apportant, hélas ! un affreux chagrin au lieu des mots d'amour dont son cœur était plein.

— Monsieur, dit-il au commissaire, je n'ai aucun désir de m'enfuir, je vous suivrai très docilement, vous pouvez être tranquille. Seulement, je vous demande de m'accorder un quart d'heure de grâce. Ma femme est ma-

cune fortune et vivait uniquement de sa retraite. Mais il se mit entièrement à sa disposition pour faire toutes les corvées nécessaires.

Marguerite exprima le désir de désintéresser immédiatement les plaignants pour faire remettre son mari en liberté. Le colonel, qui connaissait exactement les conditions de son contrat, lui démontra l'impossibilité absolue où elle se trouvait de toucher à son capital.

— Ah ! si Max m'avait écoutée, gémissait l'épouse éplorée, nous n'aurions pas fait ce contrat stupide.

— Ne regrette pas trop qu'il ait été fait, ce contrat. Pour les enfants, il vaut mieux que ta fortune soit sauvegardée. Mais, voyons, tu n'as pas quelques économies ?

— Non, rien du tout. Nous avons tout dépensé pendant notre voyage en Italie.

— Tant pis, ma chère enfant, car si tu avais pu réunir une vingtaine de mille francs, tu les aurais offerts comme caution et il est probable qu'avec cette garantie tu aurais pu obtenir la mise en liberté provisoire de ton mari.

— Vous croyez, mon oncle ?... Si j'en étais sûre !... Mais où trouver vingt mille francs ?

— Tu n'as personne qui puisse te les prêter ?

— Si, ma belle-mère. Cette démarche me coûtera beaucoup. Mais, enfin, Max est son fils, c'est à elle de nous aider. J'y vais ce soir même : il n'y a pas de temps à perdre.

Décidée à faire le soir même sa pénible démarche auprès de sa belle-mère, la jeune femme renonça à aller voir son mari ce jour-là, comme elle en avait d'abord l'intention. Elle jugea qu'il était préférable de ne le voir que le lendemain et de pouvoir lui apporter en même temps une bonne nouvelle.

Elle reprit donc immédiatement le train pour Versailles et arriva au Buisson vers cinq heures. Là, elle trouva Mme de Prévillac pâle, sombre et plus revêche que jamais.

Lucien avait eu une terrible crise pendant la nuit. Le médecin appelé en hâte, avait découvert de nouveaux abcès et décidé de faire une ponction sans retard. Le petit malade avait subi dans la matinée la douloureuse opération. Maintenant, il reposait.

— Ma mère, dit tristement Marguerite après avoir écouté le récit que lui fit la baronne, je suis désolée d'avoir à ajouter encore un souci à la grande peine que vous éprouvez déjà. Mais les circonstances ne me permettent pas d'attendre.

— Allons, qu'y a-t-il ? demanda Mme de Prévillac, étonnée de ce préambule, quelque chose de grave, si j'en juge par votre mine ?...

— Oui, de très grave. Je viens vous demander un service, un très grand service. Vous serait-il possible de nous prêter avec ma garantie la somme de... Vingt mille francs ?

— Vingt mille francs ?... Ah ! c'est une question d'argent... Mon fils a encore fait quelque sottise... C'est ça qui ne m'étonne pas.

Marguerite rougit et protesta vivement :

— Non, madame, Max n'a rien fait de mal, mais il s'est laissé entraîner par ce misérable Boisléger dans une affaire louche. Max, qui est la droiture même n'a rien soupçonné. Aujourd'hui, il se trouve compromis sans trop savoir comment...

— Ah ! vraiment, quelle jolie histoire ! L'innocent Max candide comme un enfant, qui ne voit rien, qui ne sait rien et que l'on accuse injustement ! Comme c'est vraisemblable !... Je voudrais entendre l'autre son de cloche pour me faire une opinion. Enfin, qu'est-ce au juste ?

— Je vous l'ai dit : Max est compromis et... et... on est venu l'arrêter.

— L'arrêter ?... Vous venez de m'affirmer son innocence... Je suppose, cependant, que, si le juge d'instruction l'avait considéré comme innocent, il aurait regardé à deux fois avant de le faire incarcérer.

— Mais, madame, vous n'allez pas accuser votre fils d'être un voleur, je pense ? s'écria Marguerite d'un ton indigné.

— Je n'accuse pas, je constate... Max a toujours eu la plus déplorable conduite, il a gaspillé sa fortune d'une façon absurde, rien ne m'étonne de lui.

— Mais ce n'est pas vrai, madame, mon mari n'est pas coupable, je l'affirme, j'en suis sûre... et je veux le sauver.

— Ma chère amie, votre mari est mon fils et je le connais depuis plus longtemps que vous. Encore une fois, ce qui arrive ne me surprend nullement. Tirez-le de là, si vous voulez, mais il aura bientôt fait de se mettre dans le même cas.

— Enfin, Max a mangé sa fortune, c'est possible, mais il n'a jamais rien fait de malhonnête.

— Ah ! vous trouvez !

— Mais... pas que je sache toujours !

— Comment ! vous ne savez pas ?... Alors, vous estimez que la conduite de Max envers vous est honorable ? D'abord, il vous a épousée pour se tirer d'une situation analogue à celle où il se trouve aujourd'hui ; ce n'est pas déjà très propre. Ensuite, il vous a délaissée odieusement pour courir dans les lieux de plaisir et gaspiller votre argent avec de mauvais sujets de son genre. Pour comble, enfin, il se compromet maintenant dans une affaire louche et agit de telle sorte que la Justice est obligée de le faire mettre en prison. Allons donc, si tout cela ne vous suffit pas, qu'est-ce qu'il vous faut ?

Marguerite avait écouté ce violent réquisitoire avec horreur, accablée, anéantie. La baronne savait ce qu'elle faisait en frappant sans merci à l'endroit sensible, heureuse qu'elle était de torturer la pauvre jeune femme qui avait à ses yeux le double tort d'aimer Max et d'être aimée de Lucien.

Elle continua, implacable :

— Oui, vraiment, il ne manque pas de toupet, mon fils !... Alors, il vous envoie pour me demander de l'argent ?... un rien : vingt mille francs ?... Il me connaît pourtant et se doute de ma réponse, je ne change pas d'avis comme ça... Sachez-le, avant de se décider à vous épouser, Max avait déjà tenté la chance auprès de moi.

« — Maman, avait-il gémi, prêtez-moi dix mille francs — c'était dix mille francs seulement dans ce temps-là — vous me sauverez... je vous promets de vous les rendre ».

« J'ai refusé les dix mille comme je refuse aujourd'hui les vingt mille. Mon fils aîné a eu une part assez belle. Ce que je possède appartient à mes autres enfants, ce n'est que justice. Puis, je vous le répète, ce serait en pure perte que je viendrais à son secours. Max est incorrigible.

Marguerite fit un effort violent pour se ressaisir et se leva. Elle tremblait de tous ses membres et ses pauvres yeux désespérés auraient attendri un tigre.

— Madame, dit-elle enfin, je pense que vous êtes satisfaite. Depuis longtemps vous désiriez me dire tout ce que je viens d'entendre. Vous dormirez désormais plus tranquille. Vous avez toujours haï votre fils, il était donc impossible que vous m'aimiez, moi...

« Vous auriez pu avoir égard à ma situation et à ma douleur ! Mais vous n'avez pas eu pitié... Je vous pardonne, cependant, car je sais que vous êtes bien malheureuse.

« Je dois ajouter que, sur un point, vous vous trompez... Mon mari ignore la démarche que je fais en ce moment ; je m'arrangerai même pour qu'il l'ignore toujours ou du moins le plus longtemps possible. Naturellement, après ce qui vient de se passer, non seulement je ne vous demande plus rien, mais, si vous m'offriez maintenant votre aide, je ne l'accepterais pas.

« En dépit de votre opinion, je fais encore crédit à mon mari, au père de mon enfant. Je le sauverai seule et, si mes sacrifices sont inutiles, je ne les regretterai jamais. J'aurai fait mon devoir.

« Adieu, madame, je prie Dieu de ne pas vous faire regretter trop cruellement votre attitude présente. »

Les deux femmes se trouvaient en ce moment-là dans la chambre de la baronne qui communiquait directement avec celle où reposait Lucien. La porte étant entrebâillée, le bruit de la discussion finit par réveiller le petit malade qui se mit à crier :

— Marguerite !... Marguerite !... c'est vous... j'ai reconnu votre voix. Venez vite m'embrasser.

La jeune femme hésita, puis sa générosité l'emporta. Elle entra dans la chambre voisine et, tombant à genoux auprès du lit, elle couvrit de baisers et de larmes le visage pâle de son petit ami.

— Vous voilà donc, oh ! quel bonheur ! murmura l'enfant en rendant les caresses. Vous n'êtes plus malade, dites ? Vous allez revenir souvent ?... Je suis si triste sans vous. Mais qu'est-ce que vous avez ? Vous pleurez ; Pourquoi ? C'est parce que je suis plus souffrant ?... Non ?... Mais qu'avez-vous ? Qu'avez-vous ? On vous a fait de la peine ? J'entendais la voix fâchée de maman tout à l'heure. Qu'est-ce qu'elle vous a dit ?... Marguerite, ma chérie, répondez-moi... je ne peux pas vous voir pleurer ainsi

Mais Marguerite, qui s'était si péniblement contenue pendant la scène avec Mme de Prévillac, sentait, en face de l'émotion et de la tendresse de Lucien, toute son énergie l'abandonner. Elle dut faire un violent effort pour se ressaisir. Elle se leva en essuyant ses yeux; et inventant un pieux mensonge pour rassurer l'enfant, elle murmura d'une voix calme :

— *Allez vous-en, enjôleuse, voleuse !* (page 45).

— Je suis très nerveuse en ce moment, mon chéri ; en vous voyant couché et si pâle, j'ai eu une impression pénible. Je venais vous embrasser et vous recommander de ne pas vous tourmenter à mon sujet. Pendant quelque temps, je ne pourrai pas revenir, car le médecin m'ordonne de me reposer et m'interdit d'aller en voiture.

— Encore un médecin qui invente quelque chose pour me martyriser, balbutia l'enfant. Moi je veux vous voir, je m'ennuie tant !... D'abord, il y aurait un moyen bien simple, je vais le dire à maman, vous n'avez qu'à rester ici. Vous voulez bien, n'est-ce pas ?

La jeune femme eut un sourire amer.

— Voyons, Lucien, soyez raisonnable, répondit-elle. Et Max, que dirait-il ? Dans un mois, vous irez bien et vous viendrez me voir à Marly. Et vous verrez en même temps votre petit-neveu, car ce sera un fils, le bébé que j'attends.. Je l'appellerai Lucien comme vous, c'est vous qui serez le parrain... et quand vous serez tout à fait guéri, nous ferons un beau baptême.

— Que je vous le promets!

XIV

— Mon Dieu! mon Dieu!...

Marguerite raconta du mieux qu'elle put la funeste histoire à la visiteuse, qui l'écouta avec plus d'anxiété qu'elle ne voulait le laisser... Quand elle eut terminé, elle laissa sa tête retomber sur l'oreiller et... en larmes. Pour un peu, Mlle Varlet en eût fait autant. Elle se... cependant la première et murmura gravement:

— Mon enfant, je conviens que vous êtes malheureuse, mais tout cela ne me paraît pas irréparable. Vous me dites vous-même que M. Dup... est innocent. C'est une grande consolation. Songez à ce que vous éprouveriez si vous le saviez coupable.

— J'en mourrais, je vous dis.

— Il n'est pas question de mourir, mais...

venirs de marraine. Mais je n'ai pas d'autre moyen. Je me procurerai ainsi dix ou douze mille francs, auxquels j'ajouterai les revenus que je vais toucher dans quelques jours. Avec cette somme, que je donnerai comme caution, j'obtiendrai la liberté provisoire de Max.

— Vous ne pouvez pas aller à Paris demain, Marguerite ?

— Si, si. Il faut que je voie Max, d'abord. Il croirait que je l'abandonne.

« J'irai en même temps chez un antiquaire que je connais pour lui montrer mes miniatures et lui demander de venir estimer les meubles que je désire vendre.

Le lendemain de bonne heure, Marguerite se mit en route courageusement.

La visite qu'elle fit à son mari dans le parloir de la prison fut horrible.

Elle trouva Max sombre, morne, découragé, sans idée, sans espérance, dégoûté de tout et particulièrement de lui-même. Ces quelques jours d'emprisonnement avaient eu un effet physique déplorable sur le jeune homme habitué au grand air et aux exercices violents; il était en proie à une neurasthénie noire.

La pauvre Marguerite était elle-même trop émue, trop nerveuse, trop mal disposée aussi, pour démêler la vérité et deviner la tendresse qui palpitait sous l'attitude raidie et l'apparente froideur de son mari.

Ils se séparèrent, ce jour-là encore, sans avoir eu le courage de pousser le cri sincère qui les eût jetés si heureux dans les bras l'un de l'autre.

Après une fastidieuse discussion avec le brocanteur, Mme Duplan aborda la troisième station de son calvaire qui, certes, ne fut pas la moins pénible.

Elle se rendit chez les Lethuel.

Jeanne, selon son habitude, poussa des cris aigus, suivis de lamentations sans fin.

Après avoir entendu pendant une demi-heure ses jérémiades et ses insinuations malveillantes, Marguerite excédée se leva, signifia à sa sœur qu'elle ne pourrait plus payer désormais la pension de ses neveux, puis sortit en déclarant qu'elle ne remettrait plus les pieds dans cette maison où l'on insultait à son malheur.

Elle reprit le train immédiatement et arriva chez elle vers six heures.

Là, une nouvelle épreuve l'attendait, plus douloureuse encore que toutes celles qui lui avaient été imposées ce jour-là.

Devant sa porte, elle trouva l'automobile de M. de Prévillac. Le baron était dans la voiture, en proie à une impatience, à une angoisse indescriptibles : Lucien se mourait.

Depuis trois jours, l'état du petit malade avait subitement empiré et, le matin même, le docteur n'avait pas caché à son père que c'était la fin.

— Vous comprenez dans quel chagrin est plongée sa mère, balbutia le pauvre homme dont le bon visage, habituellement si réjoui, avait une touchante expression de désolation. Lucien vous réclame jour et nuit. Mais, pour ne pas contrarier ma femme, je n'ai pas osé venir vous chercher plus tôt.

— Oh ! pourquoi ?...

— Vous êtes bonne, ma chère enfant... Je sais, néanmoins, que vous n'avez pas eu à vous louer de votre belle-mère et j'ai hésité jusqu'au dernier moment... Mais maintenant mon fils est perdu... je veux lui donner la satisfaction qu'il réclame... Pouvez-vous, voulez-vous venir ?...

— C'est peut-être bien imprudent, objecta Mlle Varlet, elle est si fatiguée ! Regardez-la, monsieur...

— Non, non, j'y vais, déclara la jeune femme tout en larmes. Rester me ferait plus de mal encore. Partons vite. Ne vous tourmentez pas, ma chère demoiselle, l'auto me ramènera.

Vingt minutes plus tard, Marguerite rentrait dans cette maison, d'où elle était sortie, le cœur brisé, si peu de temps auparavant. La main de Dieu s'était-elle donc appesantie si vite sur l'orgueilleuse baronne pour la punir de s'être montrée si dure envers sa belle-fille ?

La jeune femme monta l'escalier et entra directement dans la chambre du malade. Mme de Prévillac était là, assise auprès de son fils, blême, morne, glacée. A l'approche de la visiteuse, elle se leva pour lui laisser la place au chevet du lit. Marguerite, apitoyée par son attitude douloureuse, s'avança vers elle et commença doucement :

— Ma mère...

— Marguerite, c'est vous ?... Enfin ! interrompit la voix de l'enfant, quel bonheur !... Vous êtes là... Donnez-moi la main... Là, je suis content... Je vais mourir bientôt... Mais ça ne fait rien... puisque vous aurez d'ici peu un autre petit Lucien... Vous m'oublierez...

— Non, non, mon cher petit, sanglota Marguerite bouleversée, vous n'allez pas mourir.

— Si, je le sais. Ne pleurez pas, ma chère grande sœur, écoutez-moi, j'ai quelque chose à vous dire... Je suis un enfant, c'est vrai, mais on comprend bien des choses quand on va mourir... Max est en prison, n'est-ce pas ? et il vous a fait bien du chagrin...

— Mais non, mais non, quelle idée !... Qui vous a dit cela ?

— Je l'ai entendu... Oui, il vous a fait du chagrin, mais il vous aime, j'en suis sûr... je l'ai vu dans ses yeux, quand il vous regardait... Pardonnez-lui, aimez-le, sauvez-le... Promettez-le moi... jurez-le pour que je m'en aille tranquille

— Je le jure.

— Bien, je suis content maintenant... J'avais si peur que vous ne puissiez pas venir.

— Pas venir !... Oh ! Lucien, moi qui vous aime tant !...

— Moi aussi, je vous aime, ma grande sœur... Embrassez-moi... Dites bien à Max que mon plus ardent désir est que vous soyez heureux ensemble.

Epuisé par cet effort, le moribond se tut. Il resta longtemps sans bouger, respirant à peine; puis vers dix heures, il entra en agonie. Une heure après, il rendit le dernier soupir, sa pauvre petite tête posée sur l'épaule de Marguerite.

Quand tout fut fini, la jeune femme se releva, brisée, anéantie. Puis, dans un élan de bonté, de pitié, oubliant toutes ses rancunes, elle alla vers sa belle-mère et voulut lui prendre les mains pour l'embrasser.

La baronne, qui venait de voir mourir son fils sans pouvoir verser une larme, avait des yeux fixes de folle. Elle repoussa avec violence la douce étreinte et cria d'une voix tremblante de colère :

— Allez-vous-en, enjôleuse !... voleuse !... Vous m'avez pris le dernier soupir de mon enfant... Allez-vous-en, je vous hais... Sortez !... Sortez !...

— Mais, ma mère, revenez à vous, gémit Marguerite épouvantée... Lucien, qui vous adorait, a voulu vous épargner une trop grande émotion... Songez que je l'aimais tant moi-même... Vous ne pouvez pas m'en vouloir de cela.

— Allez-vous-en, hypocrite !... Lucien vivant vous a donné ses dernières pensées... Mort, il m'appartient.

Le baron, affolé par cette scène affreuse, saisit la jeune femme par le bras et l'entraîna hors de la pièce.

— Pardon, ma pauvre enfant, balbutia-t-il, ma femme ne sait plus ce qu'elle fait... elle est cruellement injuste envers vous, qui vous êtes montrée si généreuse... Mais songez que c'était son fils et qu'elle l'aimait par-dessus tout.

— Oui, par-dessus tout... Pourtant, elle a encore une fille et... un un autre fils... mais celui-là, elle le hait... Pourquoi ? C'est cette haine injustifiée, inexplicable, qui lui corrode le cœur et la rend méchante...

« Je la plains et je lui pardonne en souvenir de celui qui n'est plus et par amour pour le petit enfant qui va venir.

« Mais je ne veux pas rester une minute de plus sous ce toit. Faites-moi reconduire chez moi immédiatement. »

— Oh ! ma fille, en pleine nuit ?...

— Ça ne fait rien. Je me sens très fatiguée, je désire rentrer au plus tôt.

Quand l'automobile stoppa devant la grille du chalet de « Bon Abri », Mlle Varlet, qui attendait dans une grande anxiété le retour de Marguerite, se précipita à la porte, suivie de la dévouée Marie. Elle aida la jeune femme à descendre de voiture, à monter jusqu'à sa chambre et la coucha, sans que celle-ci prononçât un mot. Elle était complètement anéantie.

Pendant deux jours, Marguerite resta ainsi, presque inconsciente, comme si elle eût été entre la vie et la mort.

Enfin au bout de ce temps, le fils de Max fit son entrée dans le monde et son premier cri fit oublier à la maman tout ce qu'elle avait souffert jusque-là.

La fenêtre grande ouverte laissait pénétrer le soleil à pleins rayons. [illegible] des fleurs qui embaumaient le jardin.

Marguerite, qui était couchée dans son grand lit tout blanc, était encore [illegible] bien faible, mais l'expression de son visage révélait une joie [illegible] absolue : le sentiment maternel avait [illegible] chez elle [illegible] époux, toutes les autres préoccupations. [illegible]

[illegible] les événements tragiques qui avaient précédé [illegible] naissance, [illegible] de Marguerite était un solide gaillard, bien constitué, très [illegible] [illegible] de robustes poumons.

Mlle Virlet s'était constituée la gardienne de la mère et de l'enfant.

— Chère mademoiselle, lui dit le troisième jour, Marguerite, puisque je [illegible] beaucoup mieux, je voudrais vous demander encore un service.

— Quel donc, mon enfant ? Je suis toute prête, s'il [illegible] en mon [illegible] voir.

— Ce serait d'aller voir mon mari.

— Moi... Mais ça ne lui fera aucun plaisir, je pense.

— Si, si. Songez qu'il ne sait pas encore qu'il a un fils... Depuis trois jours... Je n'ai pas voulu lui écrire, j'aime mieux que vous y alliez. Vous lui expliquerez tout ce que j'ai fait, vous lui parlerez de la mort de Lucien, vous lui direz combien j'ai souffert, mais que je vais bien maintenant, que je le supplie de se défendre, que j'enverrai bientôt à [illegible] Verdier tout l'argent que je pourrai réunir et que l'on fera aussitôt des démarches pour [illegible] mise en liberté sous caution. Je vous prie, aller cela me [illegible] plaisir.

[illegible] j'y vais, ne vous tourmentez pas. Marie [illegible] [illegible]

[illegible] je n'ai besoin de rien. Merci, incomparable amie !

[illegible] Virlet avait accepté la commission sans beaucoup d'enthousiasme [illegible] voulu contrarier la jeune femme qu'elle trouvait déjà [illegible] éprouvée, elle [illegible] Max à peine et en elle-même, elle [illegible] de toutes les [illegible] à sa femme. Elle [illegible] trouver un homme âgé, [illegible] aristocrate et s'apprêtait à [illegible] la communication dont elle [illegible] [illegible] à sortir au plus vite.

Sa surprise fut très grande.

Au premier mot qu'elle prononça sur [illegible] [illegible] [illegible] Max, la vieille demoiselle vit un Max [illegible] [illegible] [illegible] [illegible] ahurie et balbutiant des phrases [illegible]

— Ma chère Marguerite, je l'ai bien aimée, [illegible]

[illegible] la revoir... Et nous avons un fils... [illegible] [illegible]

— Valérien... Mon Dieu, mon Dieu ! quel tourment ! [illegible] Ma chère femme me pardonnera-t-elle un jour ? [illegible] Oh ! quand je pense que je suis [illegible] [illegible] Mademoiselle, vous qui l'aimez [illegible] [illegible] [illegible] maintenant, n'est-ce pas ? [illegible] vous conseilla la bonne Amélie [illegible] [illegible] [illegible] un peu brutalement. J'avoue que [illegible] vous [illegible] sensible.

— [illegible] répondit le jeune homme, j'étais fou, je ne [illegible] [illegible] J'adore ma femme, je l'ai adorée du jour où [illegible] [illegible] je ne le savais pas. Quel aveuglement ! Et maintenant comment réparer, effacer le passé ? Marguerite n'a plus confiance en moi, [illegible] ne pourra plus m'aimer jamais, j'aime mieux mourir.

Mlle Virlet se [illegible]. L'aveu spontané de Max lui [illegible] au cœur.

— Allons, allons, [illegible] dit-elle, [illegible] vous voulez mourir, [illegible] la [illegible], il y a quelques jours, dans les bras de votre femme. C'est [illegible] les gens qui ont cependant bonne [illegible] parlent facilement de mourir.

[illegible] sur ce ton de [illegible] confiance, la conversation se poursuivit [illegible] Max avait tant de choses à demander, il se trouvait [illegible] d'ailleurs, d'entendre [illegible] amie lui parler de sa femme [illegible]

— [illegible] demoiselle sortit de la prison touchante.

[illegible] garçon tout de même, se disait-elle en chemin, [illegible] gare Saint-Lazare, et comme il aime Marguerite ! Qu'elle va être contente ce soir, ma petite chérie !

La petite chérie, en l'absence de sa gardienne, avait reçu de son côté une visite — visite étrange, anormale, extraordinaire, à laquelle il lui était impossible de s'attendre.

A trois heures, Marie entra dans la chambre de sa maîtresse et lui dit :

— Madame, il y a en bas une dame qui désire parler à madame... J'ai dit que madame était encore trop souffrante pour recevoir, mais cette dame a insisté et a déclaré qu'elle avait quelque chose d'urgent à communiquer à madame.

— Comment est-elle, cette personne ? Comment s'appelle-t-elle ?

— C'est une dame bien, un peu peinte par exemple. Elle a dit que madame ne devait pas connaître son nom, qu'elle s'appelait mademoiselle Léa Peyret.

— Léa ?... vous dites... Léa ?

— Oui, madame.

Marguerite hésita une minute. Puis, soudain, elle se souvint : cette femme était celle dont parlait la lettre trouvée dans le pyjama... C'était l'occasion d'éclaircir ses doutes.

— Faites-la monter, dit-elle à la bonne, donnez-moi mon fils et restez dans la pièce à côté.

Deux minutes plus tard, les deux femmes étaient en présence. Il y eut d'abord un silence pénible. Marguerite, la première, reprit conscience de la situation et demanda :

— Que désirez-vous, mademoiselle ?

—Madame, balbutia la chanteuse légèrement embarrassée, je fais auprès de vous une démarche que vous allez peut-être juger bizarre. Mais je pars pour un long voyage pour des pays lointains dont on ne revient pas toujours, et je ne voudrais pas laisser une mauvaise opinion de moi au seul être bon et désintéressé que j'aie trouvé sur ma route, au seul ami sincère que j'aie eu.

— Et cet ami est ?...

— Votre mari, madame.

— Mon mari est votre ami ?

— Il l'était, et jamais on n'a vu un ami meilleur, plus dévoué, plus délicat. Combien de fois a-t-il aidé mon pauvre père pendant les mauvais jours !... Depuis son mariage, je ne l'ai plus revu.

— Jamais ?... Vous ne l'avez jamais revu depuis son mariage ? interrogea Marguerite haletante.

— Non, jamais... Mais pourquoi êtes-vous si émue ?... Ah ! je vois, vous connaissiez mon existence et vous avez été jalouse. Qui donc vous a mis ces idées-là en tête ? Ce misérable Boisléger peut-être ... Quelle folie !

— Vous le connaissez aussi, celui-là ?

— Si je le connais, fit Léa avec amertume, hélas ! oui. Sans lui, j'aurais peut-être tourné tout autrement. A la mort de mon père, c'est lui qui m'a poussée à faire du théâtre en affirmant que la fortune et la gloire m'attendaient... Quelle duperie !... Maintenant, il faut que je suive la route que j'ai choisie... Mais je ne suis pas venue pour vous raconter mon histoire.

— Si, si, continuez, je vous écoute...

— J'étais venue pour vous dire simplement ceci : Boisléger, après avoir entraîné Max dans cette sale affaire de mine, a disparu en emportant ce qui restait de l'argent souscrit. Ce n'est pas étonnant de sa part, il est capable de tout. Mais, sachez-le bien, je ne suis pour rien dans cette vilenie. En apprenant mon départ, Max aurait pu supposer que j'étais complice de Boisléger et, cela je ne le veux pas...

— Mademoiselle, répondit Marguerite assez émue, votre commission sera faite, mon mari saura la vérité... Vous partez bientôt ?

— Après-demain... Avant de me retirer, je tiens à vous remercier, madame, de m'avoir reçue et écoutée. Je savais que vous étiez très bonne, je suis contente de vous avoir vue, je suis sûre à présent que mon ami, avec une femme comme vous, ne peut pas faire autrement que d'être heureux. C'est une grande consolation pour moi.

— Vous aimiez beaucoup Max, mademoiselle ?

— Oui, mais je l'aime davantage maintenant... maintenant que je connais les autres hommes. C'est pourquoi je désire tant qu'il soit récompensé de sa bonté... Adieu, madame !

— Mademoiselle, moi aussi, je veux vous dire quelque chose, murmura doucement Marguerite. Approchez-vous et donnez-moi la main. Moi aussi je veux vous dire merci... Votre visite, en effet, m'a délivrée d'un cruel soup-

... qui pouvait la désappointer ... Noël de vos déclarations loyales. Moi aussi, je désire que vous soyez heureuse; ce n'est pas impossible, vous êtes jeune.

La chanteuse esquissa un geste de lassitude et, montrant la petite tache rose que faisait la tête du bébé sur l'oreiller blanc, balbutia :

— C'est votre enfant ?

— Oui, dit orgueilleusement la mère, c'est le fils de Max; embrassez-le en souvenir de son père.

La pauvre Léa prit maladroitement dans ses mains, inaccoutumées à pareil fardeau, le petit être qui représentait toutes les félicités qu'elle n'avait pas et l'embrassa timidement, pendant que deux grosses larmes coulaient sur ses joues. Puis, elle posa l'enfant sur le lit et s'en alla sans ajouter un mot.

Quand Mlle Varlet rentra, elle trouva sa malade transformée. Ce que la vieille demoiselle raconta de sa visite mit le comble à la joie de la jeune femme. Tout ce qui la séparait de son mari avait disparu. Désormais, Marguerite pouvait croire et espérer. N'est-ce pas tout le bonheur de la vie ?

Sans doute, il restait devant elle des obstacles matériels, des soucis d'argent. Mais qu'était-ce que tout cela en comparaison de la torture morale dont elle était maintenant délivrée ?

La courageuse femme devait bientôt, d'ailleurs, voir disparaître les dernières difficultés.

Deux jours après la visite de Léa Peyret, Marguerite vit entrer dans sa chambre le baron de Prévillac en personne. Le pauvre homme était vieilli et souffrant, mais une expression de joie animait son regard.

— Ma fille, dit-il affectueusement, je vous apporte une bonne nouvelle : votre mari est libre.

— Libre ! Comment cela ? Par quel prodige ?

Le baron raconta ... paternellement ... depuis l'autre jour ... conduite envers vous. Quand elle ... de votre visage ... elle s'est attendrie tout à fait. N'ayant pas se présenter devant vous, elle a versé la caution pour Max et obtenu son élargissement. Voudrez-vous la recevoir, ma fille ? Elle a bien souffert...

— Qu'elle vienne et qu'elle soit la bienvenue, puisqu'elle me ramène mon cher mari.

Quelques instants plus tard, Max, à genoux auprès du lit de sa femme, couvrait de baisers et de larmes le visage radieux de sa bien-aimée et la petite tête ébouriffée de son fils.

Les premières effusions passées, le jeune homme prit le bébé qui reposait sur les genoux de sa mère qui s'était tristement tenue dans son coin, et dit :

— Voilà un autre Lucien, ma pauvre maman; voulez-vous l'aimer en souvenir de mon cher petit frère que nous avons perdu, et j'espère qu'il vous donnera toute la joie ...

Tais-toi, Max, balbutia Mme de Prévillac, ne parle plus, je suis trop coupable ... Dieu m'a punie. Désormais, nous vivrons unis et heureux. C'est le dernier vœu de mon cher petit. Je ferai tout ... pour qu'il soit exaucé.

9 782019 931438